오믈렛 　　　　　　　　　　　　—
임유영 시집

문학동네시인선 203 임유영
오믈렛

시인의 말

　나는 붓을 들어 이 이야기를 종이에 옮겨 적었고, 사람들
이 잘 볼 수 있는 벽에 붙여두었다. 후에 그것을 마음에 들
어하는 사람이 있어 적당한 값을 받고 팔았다.

2023년 10월
임유영

기원에게

차례

2부 가서 돌 주우면 재미있을

3부 한데 섞인 흰자와 노른자의 중립적인 맛

1부

살아 계신 분을 묻어드릴 수도 없었고

헤테로포니

　방과후 문예반에서 소녀들은 정확한 문장을 쓴다.
　소녀들은 또래보다 빨리 읽는다. 소녀들은 하나의 문장을
시작하고 끝낼 줄 안다. 여러 개의 문장을 잇고 쓸데없는 문
장을 뺄 줄 안다.

　소녀들은 이야기를 빈틈없이 전개한다.
　곁으로 새는 법 없이 기승전결의 구성을 만든다.

　소녀들은 쓴다. 과학기술의 발전을 맞이하는 청소년의 올
바른 자세에 대해. 개인적 차원과 사회적 차원에서의 성폭
력 방지 대책을 제시하고 광복을 기념한다. 조국의 통일을
염원하거나 반대한다. 선조들의 기상을 찬미하고 독립 열
사를 추모한다.

　소녀들은 어제 옆집 아저씨가 엄마한테 시비 거는 광경
을 보았고
　소녀들은 요새 친구들과 은근히 멀어진 것 같다고 느낀다.

　소녀들은 교실에서 쓰고, 때가 되면 야외에 나가서 쓴다.
　그중에서도 잘하는 소녀들은 시외버스를 타고 다른 지역
에 가서 쓴다.

　소녀들이 쓴 글 중에서 잘된 글은

문예반 선생님이 본보기로 뽑아 낭독해주신다.

선생님은 시인이다. 봄에 피는 꽃, 여름에 우는 새에 관
해서 쓰시고

자신이 발표한 시를 소녀들에게 낭송해주시기도 한다.

소녀들은 그것이 턱없이 단순하고 유치하다고 느끼지만

동시라서 그렇겠거니 싶다.

선생님은 여러 권의 시집을 내셨고

선생님의 시 중에 죽거나, 죽이는 글은 없다.

소녀들도 죽거나 죽이거나 죽고 싶다고 쓰는 대신

돌아가신 할머니가 그립고 동생에게 미안하다고 쓴다.

소녀들은 선생님이 친구의 글을 읽어주는 걸 듣다가

가끔 눈물이 날 때가 있다.

죽음과 눈물과 폭력과 섹스와 오물과 고통이라면, 소녀
들은

역사를 잊은 민족에게 미래는 없다고 쓰고 치워버리지만

어느 여름 오후

선생님이 사과 한 알을 교탁에 올려놓고

그것에 대해 쓰라고 하셨을 때

소녀들은 죽음과 눈물과 폭력과 섹스와 오물과 고통을 생
각하는
완벽한 방법을 알아낸다.

음악이 시작된다.

부드러운 마음

아버지 산에 들어가신다
튼튼한 등산화에
고어텍스 잠바 입으시고
허리춤에 잭나이프 차시고

아버지 산에 들어가신다
산에는 봄이 가고
산에는 여름이 오고
산에는 비가 아직이고

아버지 깊이깊이 들어가셨나

쉿, 기다려봐

물가에 도착하셨대
계곡에 널린 그 바위 좋다 하시네
바위에 앉아 신발 벗고 양말 벗고
물에 발도 담가보시네

아이고, 거 시원하시겠습니다!

아직 좀 찹니다만
여기가 참 좋습니다

산에 오면 정말 좋아
공기도 좋고
이 산 다음엔 어느 산을 타볼까

산에서 내려가면
돌아갈 집이 있으니 얼마나 좋아

여름산에 주렁주렁 열린 과실들
앵두, 자두, 오디
껍질 깎지 않고 먹는 것들
술처럼 농익은 이쁜 열매들

허리에 매달린 잭나이프
조용히 녹슬어가네

나도 나이가 들어보니 알게 된 것이 있어

겨울밤 들이켜는 찬 소주의 맛과
아무리 부수어도 아침이면 도로 붙는
내 가정(家庭)의 신비

해마다 겨울이면 아버지께 졸랐지,

눈 쌓인 산에 나도 데려가달라고
처음엔 진심이었는데
나중엔 엄마가 조르라고 시킨 거였어

단단

　　남쪽 숲에선 새끼 곰이 깨어났습니다. 자는 동안에도 키는 자랐습니다. 가슴의 흰 반달도 커졌습니다. 곰, 발톱도 길었습니다. 두껍고 새카맣습니다. 자던 자리가 동그랗습니다. 엄마 곰은 어디 가고 없습니다. 빠진 이빨들 흩어져 있습니다. 곰, 외로움 있습니까? 곰, 일어나 앉습니다. 엄마와 약속한 일이 기억납니다. 산골의 다람쥐, 멧돼지, 토끼, 뱀들도 엄마랑 약속합니다. 긴 겨울이 지나면 깨어나기로 합니다. 따뜻해지면 맛있는 것을 먹기로 합니다. 꽃이 피면 같이 놀기로 합니다. 곰, 눈 비비고 기지개도 켜봅니다. 혼자 가만히 엄마 엄마 불러도 봅니다. 곰, 두려움 알고 있습니까? 몸이 가렵습니다. 앞으로 구르고 뒤로도 굴러봅니다. 곰, 배가 고프고 목도 마릅니다. 구멍 밖에서 쑥냄새, 취냄새 향긋하게 불어옵니다. 졸졸 물 흐르는 기척 들려옵니다. 무엇이든 찾으러 나가야겠지요? 천둥처럼 쾅쾅 울리는 소리, 어디에서 시작되었나요? 곰, 슬픔 알지요? 여기는 세상입니다. 동면에서 갓 깨어난 곰을 발견하면 절대로 다가가지 마세요.

미래로부터

봄마다 아이들은 성으로 소풍을 갔다.

선생님은 이 성이 작다고 하지만, 가도 가도 성벽은 끝나지 않고. 어딜 봐도 양지바른 풀밭이 넓고. 아이들은 아무 데나 돗자리를 펴고. 자귀나무 그늘에는 선생님들이 앉아서 마른오징어를 뜯고 있고.

성벽에는 문이 많다. 붉은 문들은 죄다 똑같이 생겼지만. 어떤 문을 열면 절벽 밑으로 향하는 계단이 이어지고. 내려가면 사당이 있고. 사당 밑에 바위가 있고. 사당에 모신 위대한 사람은 바위에서 강으로 뛰어내려 죽었지. 그 바위 아래 강바닥엔 큰 물뱀이 살았다.

아이들 몇이서 바위 위에 올라간다.
손으로 브이 자를 그리며 사진을 찍는다.
둘은 엎드려 놀고.
셋은 누워 놀고.

오백 살도 넘은 물뱀이 두 갈래 혀를 날름거리는데.
바위 밑의 깊은 어둠 속에서.
한 아이가 강물을 들여다보다 뱀을 보고 깜짝 놀랐다.
이렇게 작은 강에 이렇게 큰 뱀이 있다니.

—　　정체를 들킨 물뱀이 모습을 드러내고 말하길,

　나는 아이들을 먹지 않는단다. 개구리밥이랑 소금쟁이,
물방개, 장구벌레 반찬을 먹는단다. 강바닥의 이끼를 핥아
먹고 산단다. 인간사에 휘말려 억울한 일을 겪은 적도 없단
다. 그러니 복수심도 없단다. 욕심도 없단다.

　어떤 이들은 여전히 강에.

　아이들이 바위 위에 올라 논다.
물뱀은 새끼들을 소중히 길러 큰 강으로 보냈고
한 아이가 자라나 할머니가 되는 것도 뱀은 보았다.

　그 뱀이 나도 보았을지.

　오늘 새벽엔 사당에서 징소리가 울려퍼진다.
울음소리가 들리는 날은 강에서 넋을 건진 거라는데.
머리카락을 건지면 넋을 건진 것이나 다름없다던데.

　나는 머리를 풀고 목을 길게 뽑아본다. 물뱀처럼
내 목에도 뼛조각이 많다.
입을 열면 깨끗한 창자가 굽이굽이 흘러나올 것 같다.

—

도둑들*

우리는 도둑들.
한밤중의 고요 속에서만 움직인다.
그건 교실에서 선생님이
"지금부터 모두 눈을 감으세요."
말할 때 만들어지는 고요.
순순히 눈을 감은 밤의 사물들 사이를
살금살금 걷는다.

우리는 도둑들.
품속에 연필 한 자루쯤 넣고 다니는 불한당들.
할머니의 성가집 한 장을 찢었다.
시인의 국어사전에서 다섯 장을 뜯었다.
노인과 예술가는 가장 손쉬운 상대.
노인은 예의바른 손자를 좋아하고
예술가는 술 선물을 반기지.
우리에겐 세상일이 이토록 우습다.

어제는 돌을 훔치는 예지몽을 꾸었다.
돌들은 아침에 잠드는 사람들의
창문 아래 있었다.
그럼 그건 정말 쉬운 일이겠지.
한밤중에 불 켜진 창을 찾기만 하면 되겠지.

솜씨 좋은 우리가 밤길로 나선다.
오늘의 어둠은 오래 묵은 포도주처럼 향이 짙다.
백련산 중턱에 올라 목적지를 탐색한다.
스물세 개의 창이 환하다.

산에서 일사불란하게 스물세 개의 돌을 줍는다.
"가자, 가자."
깨우면 잠결에도 웃는 착한 돌들.

내일은 스물세 사람이
아주 조금 뒤바뀐 세상에서 눈을 뜰 거야.
우리, 도둑들은 그것을 몰래 바라보지.

실눈을 뜬 사물들의 시선이
우리의 뒤통수에 조준되어 있길 바라면서.
그러나 결코 붙잡히지 않기를 바라면서.

* 2020년 미술가 이안리가 자신의 드로잉 시리즈 〈스물셋 우연의
일치〉를 위해 의뢰한 시. 이안리와 임유영의 공동 작업명 '콜렉티
브 안녕'으로 발표함.

굴은 바다의 우유

 겨울이 제철인 굴은 날것으로 먹어도 좋다, 레몬즙을 몇
방울 떨어뜨리거나 매운 양념을 곁들여도 맛있다, 미국에는
굴 요리를 파는 해안가 식당들이 있고 거기에선 굴을 위스
키와 같이 먹는다

 우리는 알아, 알이 통통한 생굴을
 포크만 가지고 껍데기와 분리하는 요령

 우리가 알고 먹는다 희고 둥근 접시에 가득 담긴 굴
 겨울 특선 메뉴! 이렇게 맛있는 굴을

 어떤 가게에서는 굴 코스를 판대
 거기 가면 생굴도 있고 굴찜이랑 굴전도 굴튀김도 있고
 그것까지 다 먹고도 모자랄까봐 굴국밥을 준다네

 지난겨울에 생굴을 먹고 탈이 난 애도 있고
 굴이라면 원래 냄새도 못 맡는 애도 있어서

 먹을 줄 아는 애들만 후룩후룩 굴을 빨아 먹는 밤

 굴 못 먹는 애들은 옆에서 그냥 웃고 있다
 걱정은 되지만 다들 참 잘 먹으니까

문이 열릴 때마다 찬바람이
친구와 친구의 친구와 친구의 개도 같이 들어오는
자꾸자꾸 뭔가 오는 밤

그런데 이러다 차가 끊기면 어떡해?
어떡하긴 먹고 죽자

그때 그런 적 있잖아, 우리 쫓아온 남자
자기 차에 타라고 같이 가자고

그래! 칼 들고 있었으면서!
더 주세요, 우리 굴 잘 먹어요

더 먹어요, 정말 잘 먹는다
참 보기 좋아요

그때 나도 그 새끼 죽인다고 죽여버린다고 죽여버릴 거라
고 소리질렀는데
집에 가서 자려고 이불 덮고 누우니까 생각나더라고
진짜 죽을 뻔한 거

굴은 바다의 우유라니까,
껍데기 무덤을 쌓고 쌓으며

왜, 나 좀 취해서 가다 뻗은 날
오렌지마트 앞에 멈춘 흰색 아반떼
덩치가 이만한 아저씨가 내려서 말하더라, 괜찮으세요?
머리 좀 굴리다 내가 그랬지
미국에서 왔어요, I'm sorry, I can't speak Korean
걔가 뭐라는지 알아?
경찰에 신고하겠대,
어머 저 사람 돌았나봐, 벌떡 일어나 도망갔어

따뜻하고 배부르고 다 좋은데
겨울밤에 굴을 먹으면 다음날 눈이 온다

정말 그렇게도 된다

굴껍데기 위에 내려앉는 눈송이가 몇 개

너의 개도 너를 좋아할까?
—D에게

밤 산책을 나갔다가 개한테 손을 잘못 물린 밤. 너는 개줄
을 붙잡고 보라매병원으로 갔지. 주차장에서 너는 개와 둘
이 서성였다. 한밤중의 주차장에 혼자 묶인 개에게 무슨 일
이 생길까 두려웠거든. 네 손에서는 피가 뚝뚝 흐르는데.

생각으로 바쁘던 눈이
짐짓 의젓하게 앉은 개의 검은 눈동자와 마주쳤다.
그러자 너는 모든 고민을 잊고선 에라,
개를 번쩍 들어 안은 채 응급실로 입장해버린 거야.

개는 안 돼요! 개는 안 돼요!
간호사가 외쳤어.
안고 있으면 안 되나요? 얌전히 있으면 안 되나요?
너는 애원하다가

네 품속의 개가 피투성이인 걸 보고 깜짝 놀랐다.
컹컹! 기운차게 짖는 개를 꼭 껴안고
죄송합니다, 죄송합니다,
허리를 굽히며 밖으로 달려나갔지.

화단 구석에서 가방을 뒤지는 네게, 착한 간호사 선생님
이 알코올 적신 거즈를 잔뜩 건네주었고
넌 축축한 거즈와 개를 품에 안고 바쁜 사람처럼 떠났어.

아무도 안 보는 곳에 가서 피 묻은 손과 개를 닦았지.
이 이야기는 친구들에게 꼭 해줘야지, 결심하면서.

그다음에 무슨 일이 벌어졌는지 나는 더 알지 못해.
다만 너무 많은 사람이 너를 좋아한다고 굳게 믿었지.

네가 이 이야길 친구들에게 해준다면
모두가 웃으며 너를 놀려댈 거야.
너의 손을 흘끔거리며.

그러나 이 모든 건 너도 모르는 이야기지.

중국인 학자의 정원

　미국이야말로 세계의 심장이고 뉴욕은 도시 중의 도시다 없는 게 없었지 우리가 센트럴 터미널에 다녀온 이야기를 하자 미국인은 너희 뉴욕의 암핏에 다녀왔구나 하며 웃었다 암핏이 뭐지? 영어를 잘하는 친구에게 묻자 친구는 아 여기 겨드랑이, 말하며 폭소했고 나도 아, 겨드랑이, 암핏, 주억거리며 겨드랑이가 가려운 사람처럼 따라 웃었다 웅장한 센트럴 터미널에서 무슨 냄새가 났던 것도 같고 글쎄 콜라랑 감자칩을 사가지고 서점을 구경했다 안경이 없어서 보이는 게 별로 없었고 냄새는…… 미국에선 공항에서부터 어느 도시건 모두 같은 냄새가 났던 것만 같다 그건 할머니가 펼친 커다란 이민 가방에서 줄줄이 쏟아지던 미국 샴푸 로션 티셔츠 초콜릿 빗 수건 인형 신문지처럼…… 아니 그건 캐나다 삼촌…… 상하이 뒷골목에서 맡은 시큼한 김치찌개 백반 냄새의 추억 아니 아니 그건 차이나타운…… 이봐 우리는 자유의여신상을 꼭 보러 갈 거야 촌스러워도 어쩔 수 없어 정말 먼 길을 왔으니까 그래 그게 바로 여행자의 정신이지 상냥한 미국인이 우리에게 비밀을 알려준다 스테이튼 아일랜드에서 꼭 가봐야 하는 곳을 혹시 알고 있느냐고 오직 진짜 뉴요커만이 중국인 학자의 정원에 간다고 그가 속삭여주었을 때 네 개의 단검이 일제히 미제의 심장을 겨누었다 네놈이 그 사실을 어찌 아느냐? 감히 또 누가 거기엘 갔느냐? 사부께선 무사하시냐? 머쓱해진 미국인은 이제 미국에서도 교양인이라면 쌀국수 정도는 젓가락으로 먹는 시

대라며 웃었다 친절한 미국인의 웃음   —

부드러운 마음

산에 자주 가는 편이 아니라서요.

계곡 근처 지나다가 버드나무 밑에 앉았습니다.
그냥 흙을 파고 놀았는데요.
구덩이를 만들고 만들다가 아주 오래된 걸 발굴했거든요.

저는 그걸 보자마자 알았는데요.
아, 이건 귀한 물건이구나.
요즘에는 오래된 것은 흔치 않고
흔치 않다는 건 귀하다는 거잖아요.

그걸 주머니에 집어넣고 집에 가서
샤워기 틀고 살살 씻어보니까요.
흙이 다 씻겨나가고요.

남은 건 제 손에 쏙 들어오게 작은
병이었는데요.
허리가 호리호리하고요.
빛나지는 않고 푸르스름하게 흐린
유리병 같은 것이었는데요.

저, 선생님 산책로에서 주무시는 거 봤어요.

뚜껑은 꽃봉오리 모양이었고요.
그걸 뽑아보았더니
갇힌 물이 좁은 물길을 만난 것처럼
짙고 신비로운 향내가 잔뜩 흘러나왔습니다.

쑤욱 빠져나온 향기는 저의 무릎 아래로 고여서
마치 머뭇거리는가 싶더니,
배수구로 한꺼번에 빨려들어가고 말았습니다.

제가 선생님, 거기서 주무시는 거 봤거든요.
그런데 벌린 입으로 침까지 흘리면서 주무시는 꼴이
징그럽기도 하고

그래서 그냥 지나쳤습니다. 죄송합니다.

화장실 문을 열어보신 어머니가
방향제 같은 거 이제는 사오지 말라고 하셨습니다.

저는 복이 없는 사람일지도 몰라요.

미래는 없고요.
전에 없이 지금도
없고요.

병을 흔들어보았지만
더는 아무것도
나오지 않았습니다.

선생님의 입에서 흘러내린 맑은 침 줄기가
셔츠 칼라를 적시던 광경만 저는
기억이 나요.

고린내가 진동하던 그날 앵봉산 산책로에
큰대자로 누워 계시던

선생님. 선생님.

언제 눈을 뜨시려나.
살아 계신 분을 묻어드릴 수도 없었고요.

선생님을 보았다고 말하면 안 될 것 같았는데,
전 누가 저를 보았다고 할까봐.

제 마음에 대해서만 생각한 것이었어요.

호수관리자들

우리는 일주일에 한 번 배를 타고 나가는데,
오늘도 그의 목이 그물에 걸린 것이다.

"안녕하세요, 가르시아* 씨."
"별일 없으시지요?"

그의 눈을 가린 젖은 머리카락을 옆으로 넘겨준다.
가르시아 씨는 눈을 뜨지 않는다.

"좋아 보이셔서 다행이네요."
"실례했습니다."

우리는 그의 머리를 놓아주고 뭍으로 배를 돌린다.

"정말 과묵한 남자야."
"신사라니까."

가르시아 씨만 빼고 건진 것은 모두 갑판 위에 있다.
이렇게 때때로 치우지 않으면 금세 엉망이 된다.
호수라는 건 이상하다.
꽉 차 있지만 텅 비어 있다고 착각하기 십상이다.
곧 여름이고, 호수는 넘치기 일보 직전인데
화창한 날에만 호숫가를 찾는 사람들은 태평하다.

두 사람만으로는 손이 모자라지만
적당히 관리하면 큰일이 벌어지진 않는다.

"날씨가 좋군."
"좋은 날이야."

선착장에 모인 사람들이 보인다.
그들은 음악을 크게 틀고 술을 마신다.
아이들은 꽃을 뿌리며 춤춘다.
거나하게 취한 노인이 큰 소리로 우리를 환영한다.

"이봐요, 가르시아 씨는 찾았소?"

"허탕 쳤어요."
"특별한 게 없네요."

우리는 호수에서 끌어올린 물건을 사람들에게 나눠준다.
운동화와 야구방망이,
접이식 의자와 머리빗,
쏠 줄 아는 사람들에게 산탄총.

"자, 마음대로 쓰세요."
"사양하지 마시고요."

물가에서 시작한 대화는 되도록
물가에서 끝낸다.

스무 명 정도 죽고 나면 또 일주일이 지나간다.

매일 밤 몸을 씻고
침실은 늘 청결하게 유지할 것.

* 샘 페킨파의 1974년작 〈가르시아(Bring Me the Head of Alfredo Garcia)〉로부터.

생일 기분

다리 하나가 없는 새는 종일 날았다. 새는 보이는 것을 보았다. 우산을 쓴 사람들. 다가가지 않을 것. 골목을 어슬렁거리는 한 무리의 어린이들. 가까이 가면 큰일남. 고양이 밥그릇. 위험한 먹이. 새는 기억해야 하는 것을 기억했다. 나쁜 먹이와 좋은 먹이, 집 짓기, 남의 집 빼앗기, 짝짓기, 알을 낳기와 품기, 숨기, 날기, 피하기, 이런 것은 새가 아는 것들. 새의 목소리로 새를 부르기. 새의 목소리로 새에게 답하기. 새는 인간의 말을 할 수는 없다. 그러나 새가 어린이의 창가에 내려와 앉았을 때, 하나의 다리로 비틀거리다 이윽고 날개를 접고 앉았을 때, 새와 어린이는 서로를 마주보았다. 어린이는 창가의 책상 앞에 홀로 앉아 있었다. 새도 혼자였다. 둘은 서로의 음성을 들었다. 안녕? 어린이가 물었다. 새는 새답게 고개를 앞뒤로 갸웃거리며 쩩쩩, 소리를 냈다. 어린이는 새의 행동을 오해했다. 어린이는 새가 없는 다리 한쪽이 그리워 운다고 생각해보았다. 헤어진 어미, 아비, 형제, 자매 새들이 그리워 운다고도 생각해보았다. 그러나 새에게는 인간의 생각이 없다. 새는 새의 생각을 할 뿐이다.

어머니가 들어와 창문을 닫으셨다. 새는 날개를 푸드덕거리며 날아올랐다. 멀지 않은 길가의 가로수 높은 가지 위에 앉는다. 어린이는 저녁 식탁 앞에 앉는다. 수북한 야채 그릇을 가리키며, 먹고 싶은 만큼 덜어먹으라고 어머니가 말씀하신다. 실내에는 고기 굽는 냄새가 가득하다. 어린이는 다

리 없는 새를 생각하며 눈앞에 놓인 닭다리를 바라본다. 이
것을 돌려줄 수 있다면, 어린이가 생각한다. 이것을 돌려줄
수 있다면……, 그러나 돌려줄 수 없는 거라면 먹어야 하는
걸까. 어머니가 닭고기 먹기 싫니? 물으셨고, 생각에서 갓
깨어난 어린이는 뭔가 끔찍한 일을 당한 사람의 표정으로
어머니를 바라본다.

돌에서

돌에서 사람이 나왔는데 돌은 쪼개지거나 부서지지 않고
오히려 그전보다 더욱 돌다운 모습을 보이며 그 자리에 자
못 당당하게 있다 누가 이 돌을 주워와서 여기에 두었을까
돌을 주워온 사람은 돌 속에서 사람이 나올 걸 알았을까 알
고 그랬을까 알면 왜 그랬을까 돌이 땅에서 물에서 흔히 난
다는 것은 상식이다 이 돌은 전체적으로 희고 납작하고 분
홍색과 회색과 갈색 줄무늬가 있는, 그리 비범해 보이진 않
는 모습 돌에서 나온 사람은 산 걸까 죽은 걸까 그는 잠시
구부정하게 서 있다가 음수대에서 물을 받아 마시고 소나무
아래 벤치에 앉아 담배를 피우고 있다 여기서 담배 피우면
안 되는데 거 언제부터 그런 법이 생겼답디까 저도 잘 모릅
니다 돌에서 나온 사람이 바닥에 담배를 짓눌러 끈다 흰 바
닥에 검은 무늬가 생겼다 그리고 찌그러진 꽁초 한 개가 놓
였다 그는 커다랗고 알이 두꺼운 안경을 셔츠에 문질러 닦
는다 그가 나온 돌은 미술관에서 나온 사람이 관찰중이다
미술관 직원이 돌의 둘레에 가림막을 설치하고 사진을 찍고
작은 솔로 돌을 조심스레 털고 장갑을 낀 손으로 보드라운
천이 깔린 나무 상자에 돌을 넣고 밀봉한 뒤 마커로 날짜를
적는다 그 돌을 미술관에 가져가서 무엇을 하나요? 직원이
말한다 저는 용역이고 가져오라는 분은 따로 계세요 그분이
돌을 알아보셨으니 돌을 빙글 동글 돌돌 하시겠지요 에, 선
생님 사진을 한 장 찍어도 되겠습니까? 돌에서 나온 사람이
거절한다 오늘은 머리를 감지 않았어요 머리칼이 뻗친 모습

이 더 멋지신걸요 그럼 내가 담배 피우는 모습으로 찍어줄 ㅡ
래요? 그러시죠 미술관 직원이 차를 몰고 돌아갔다 이 달걀
만한 조약돌에 특별한 구석이 있었나봐 내가 알 수 없는 나
는 그 돌에서 사람이 나온 걸 분명 보았다 알 수 없는 돌들
은 늘어서 있고 점점이 흩어져 있고 굴뚝처럼 쌓여 있다 돌
탑 아래에는 작은 정원이 있고 우리는 돌탑의 둘레를 따라
빙글빙글 돈다 계속한다 일단 돌에서 나온 사람은 돌로 다
시 돌아갈 수 없다

구역

이 둘레를 따라 걷고 있다 둘레는 늘어나고 줄어들고 거듭
하고 까치의 것이었다가 까마귀의 것이었다가 비둘기의 것
이길 반복한다 담배 피울 수 있는 곳은 없다

밤에

세 명의 시인이 미술관에 갔다 거기서 학예사를 만나 미
술관 곳곳을 둘러보고 설명도 들었다 그들은 한밤중에도 미
술관에 갔다 학예사가 전시에 참여하는 한 무리의 사람들을
통솔해서 거대한 화물용 엘리베이터도 태워주었다 라이트
의 둥그렇고 흰 빛이 멈출 때마다 아름다운 벽과 보이지 않
던 체력 단련실과 따뜻한 목재 난간이 모습을 드러내고 사
람들은 탄성을 지르며 사진을 찍고 비디오도 찍었다 돌아
올 때 코끼리 열차를 탔다 즐거운 시간을 보낸 세 시인은 미
세먼지가 많은 어느 오후 미술관 옥상의 공중 정원에서 다
시 만났다 한 시인은 앞코가 네모난 부츠를 신고 나타났다
한 시인은 지각했고 한 시인은 하필 새는 커피 컵을 받아 흐
르는 커피를 계속 닦았다 우리가 여기서 뭘 하고 있는 걸까
요 부츠 신은 시인이 말했다 지각한 시인과 커피 닦는 시인
이 웃었다 웃음이 끝나자 잠잠해졌다 멀리서 놀이 기구 타
는 사람들의 목소리가 들려왔는데 놀이공원의 반대편에서
는 케이블카가 이동하고 있었다 천─천─히─ 일정한 간격
으로 두 줄로 두 방향으로 세 시인은 자신들이 다른 사람
들과 다른 광경을 보지 않았으며 정확히 같은 시간에 같은
공간에서 같은 미술관을 보았음을 알았다 하지만 세 사람
은 돌에서 나온 사람도 보았는데 다른 사람들도 돌에서 나
온 사람을 보았는지에 대한 확신은 이상하게도 들지 않았
기 때문에 눈앞의 풍경을 보며 하나의 벤치에 조용히 붙어
앉아 있었다 흐르는 커피를 닦는 시인의 일이 끝날 때까지

― 그들은 어떻게 말을 시작해야 할지 고심했고 드디어 누군
가 입을 열었다 그것이 그들이 하는 일이다 돌에서 나온 사
람의 설명이다

* 세 편의 시 「돌에서」 「구역」 「밤에」는 국립현대미술관의 정기 기
획전 〈젊은 모색 2023〉에 의뢰받아 씀.

2부

가서 돌 주우면 재미있을

정확한 죽음의 시각을 기록하기*

20세기 한국의 한 성당 뒤뜰 감나무에 천사가 걸렸다. 유아의 모습을 한 천사는 두 개의 굵은 가지 사이에 커다란 날다람쥐처럼 엎드린 채 축 늘어져 있었다. 사제관에 기거하던 두 사람 중 젊은 사제가 새벽에 천사를 발견했다. 그는 늙은 사제에게 달려가 이 사실을 알렸다. 두 사제는 먼저 자신들의 목전에 현현한 기적 앞에 무릎을 꿇고 기도를 올렸다. 삶의 경험이 풍부한 늙은 사제는 가지에 걸린 천사를 찬찬히 살펴보았다. 말랑말랑한 순두부처럼 부드러운 광택이 도는 흰 피부. 수천 가닥의 금실과도 같이 빛나는 고수머리. 잠든 천사가 몸을 뒤척일 때마다 약간 접혔다 펼쳐지는 한 쌍의 흰 날개. 천사의 머리 뒤에서 은은하게 발광하는 완벽한 원형의 광배. 눈을 감고 새근새근 잠든 천사는 두 사람의 손에 닿지 않았다. 젊은 사제가 창고에서 사다리를 꺼내오는 동안, 늙은 사제는 자신들의 속된 손으로 천사를 만지는 것이 현명한 일인가를 생각했다. 천사를 땅으로 모시고 온 뒤에는 어떻게 해야 할지도 의문이었다. 눈발이 날리기 시작하자 젊은 사제는 다시 달려가 담요를 가지고 왔다. 늙은 사제는 서울로 전보를 치러 가기로 했다. 그러는 동안에도 눈발은 굵어졌다. 땅 위로, 나무 위로, 천사의 몸 위로 눈이 쌓이기 시작했다. 우선 담요부터 덮어드립시다. 늙은 사제가 결정을 내렸다. 이에 젊은 사제가 나무 가까이 다가가다 놀란 목소리로 물었다. 저것이 무엇입니까? 젊은 사제가 가리키는 곳에서 가느다란 물줄기가 나무둥치를 타고 내려

오고 있었다. 올려다보니 신선한 버섯갓처럼 귀여운 천사의
엄지발가락 끝에 물방울이 매달려 있었다. 늙은 사제의 발
치에도 물방울 몇 개가 후드득 떨어졌다. 젊은 사제가 망설
임 끝에 물었다. 신부님, 이거 혹시 천사님의 오줌일까요?
늙은 사제는 성경의 어디에서도 천사의 소변에 대한 구절을
본 기억이 없었다. 두 사제는 축 늘어진 어린아이를 다루는
법에 대해서도 전혀 아는 바가 없었다. 그들은 다시 기도를
시작했다. 눈발은 거셌다. 천사의 가느다란 머리칼과 속눈
썹 위로, 장밋빛의 통통한 뺨과 약간 벌어진 작은 입술 위로
눈이 내려앉았다. 천사가 만들어낸 조그만 얼룩 위로도 눈
이 쌓이고 있었다. 이윽고 눈이 천사와 천사의 자국을 완전
히 뒤덮었고, 감나무 위에서 깜빡거리던 흰빛은 점차 희미
해지다가 사라지고 말았다.

* 마르그리트 뒤라스, 「글」(『마르그리트 뒤라스의 글』, 윤진 옮김,
민음사, 2019)에서.

꿈 이야기

　사월의 한낮이었다. 벚꽃이 절정이라기에 점심을 먹고 집을 나섰다. 오랜만에 가벼운 옷을 입고 나들이를 나가려니 기분이 좋았다. 걷다가 지름길을 두고 일부러 둘러 가기로 했다. 여학교를 지나 공원으로 이어지는 길에서 감색 세일러복을 입고 달려가는 여자아이를 보았다. 아직 수업이 끝나지 않았을 시각인데 아이는 멀리 공원 쪽으로 재빨리 달려갔다. 나중에 보니 역시 교복을 입은 남자애가 자전거를 대고 기다리다가 여자아이를 뒤에 태우고 가는 것이었다. 그러다 사거리에서 그만 사고가 났다고 한다.

　사고가 나서 여자아이는 죽어버렸다. 나는 그날 꽃은 못 보고 돌아가던 길에 교복집 하는 늙은 남자에게 이상한 이야기를 들었다. 그는 아이의 뒷모습에서 죽을 징조를 벌써 보았다고 주장했다. 첫째로 그날따라 여자애의 그림자가 무척 옅어서 보이다가 안 보이다가 했고, 둘째, 하얀 토끼인지 개인지 작고 사람은 아닌 것이 날래고도 사납게 그 뒤를 쫓고 있었고, 셋째로 사람이 달리는데도 한 갈래로 땋아내린 머리카락만은 전혀 흔들리지 않더라는 것이다. 그러나 나는 그 영감의 말을 곧이 믿지는 않았다. 무릇 꿈이란 뇌에서 배출된 찌꺼기에 불과한데, 그런 꿈을 해몽한다는 자들의 말 또한 사람을 현혹하는 얕은 수일 뿐이다. 그 증거로 나는 사월의 화창한 대낮에 꽤 오래 걸었음에도 전혀 땀을 흘리지 않았다.

　어쨌거나 나는 붓을 들어 이 이야기를 종이에 옮겨 적었

고, 사람들이 잘 볼 수 있는 벽에 붙여두었다. 후에 그것
을 마음에 들어하는 사람이 있어 적당한 값을 받고 팔았다.

부드러운 마음

어데 그리 바삐 가십니까, 동자여. 바지가 다 젖고 신도 추졌소. 뛴뛴다고 나무라는 게 아니라 급한 일이 무엇이오.

이보, 여보. 나무아미타불, 관세음보살, 나 지금 아랫마을 개가 땅을 판다기에 바삐 가오. 개가 주인도 안 보고 밥도 아니 먹고. 빼빼 말라 거죽밖에 남지 않은 암캐가 땅만 판다 하오.

그 개 물 주어봤소?

그 물 주러 가는 길이오, 그래 내가 이래 다 쏟아 온데 사방이 추졌소.

동자승아, 동자여, 뚜껑 단단히 닫고 가소. 여기 물 더 있으니 모자라면 부어가소. 보온병에 뜨신 커피 있으니 이것도 가져가소.

필요 없소, 필요 없소. 무슨 개가 커피를 먹는답디까?
당신 행색 보아하니 혹 땡중이오? 우리 주지 스님 힘이 장사다.

그 개 다 틀렸다, 개가 땅을 파면 죽는다.

동자가 쌩하게 뛰어 개 키우는 집에 가보니 개는 벌써 구덩이에 죽어 늘어져 있었다. 개에게 물 뿌리려는 동자를 주인이 잡아 옷을 싹 벗겨 빨아 새 옷으로 갈아입히고 개 무덤에 흙을 뿌리게 하였더니 동자가 엉엉 울다가 개 무덤에 대고 아이고 개야, 개야, 너 전생에 사람이었는데 외로이 죽고 개로 태어났다가 또 혼자 죽으니 두 번 다시 태어나지 말라, 태어나지 말라 수차례 외쳐 일렀다.

동자의 말을 들은 사람들이 모두 웃었다.

유형성숙

　나는 바다 앞에서 바다를 본다. 바다는 나와 아무 상관 없는 바다. 이 바다는 내가 모르는 바다. 낯선 바다. 인간을 모르는 바다. 미생물이 살지 않는 바다. 산호가 살지 않는 바다. 해조류가 없는 바다. 오징어, 해파리, 가오리, 상어, 고래, 새우 없는 바다. 짜지도 않은 바다. 그러나 호수는 아닌 바다. 반드시 바다. 모래 없는 바다, 뗏목 없는 바다, 낭만 없는 바다, 수도사가 없는 바다, 숭고 없는 바다. 너는 바다에 가고 싶지, 너와 상관없는 곳에 가고 싶지, 네가 전혀 모르는. *타이탄!* 아무것도 하지 않는 바다. *엔셀라두스!* 아무 일도 일으키지 않는 바다. *유로파!* 너는 인간의 손길이 닿은 적 없는 곳의 유일한 생명체로서 그 앞에 서서. *미마스!* 바다를 본다. 너는 그곳의 일부가 되기를 원한다. 앓다 죽지 않길. 다쳐 죽지 않길. 너는 고통 없이 고통 없음의 일부가 되고 싶다. 너는 지구보다 늙어서도 순순히 죽고 싶지 않지. 너는 부패 없이 분해되길 원할 뿐인데. 너는 원하는데. 네가 모르는 바다의 일부가 되기를. 나는 바다 앞에서 너를 향해 외치네. 너를 돌아오게 하려고. 듣게 하려고. 네가 들어오게 하려고. 나는 보는데. 너는 뒤돌아보지 않고. 한때 젊은 당신은 결코 머뭇거리지 않고. 돌아보지 않고 당당하게 걸어가네.

호로고루

이젠 한국어가 꽤 유창하다고 자신했는데. 호로고루가 왔
다. 호로고루에 부딪혔는지도. 호로고루와 만났다. 호로고
루를 들었다. 호로고루를 보았다. 호놀룰루 아니라 호로고
루. 호로자식 아니라 호로고루. 호록호록 호로록 호로고루.
전속력으로 헤엄치던 중이었는지도. 물속에서 숨을 쉴 수
있다는 사실을 잊어버리고 호로고루. 호로에 있던 오래된
보루가 있던 호로고루. 잊어버린 게 아니라 호로고루. 친구
들에게 물어보려고, 호로고루 알아? 호로고로? 아니, 호로
고루. 호루고루? 아니, 호로고루. 묻고 다니다가 호로고루
를 안다는 사람을 만났다. 아, 호로고루? 응, 호로고루. 거
기 내가 돌 주우러 가는 데잖아. 돌? 어, 오래된 돌. 기왓장
도 있고, 그릇 조각도 있고. 그게 호로고루에 있어? 그게 다
호로고루에 있어. 나도 한번 꼭 가봐야겠다. 호로고루에 가
서 돌 주우면 재미있겠다. 호로고루. 가서 돌 주우면 재미있
을 호로고루. 오래된 돌이 많이 있는 호로고루. 나도 꼭 가
봐야지. 한번은 한강에서 자전거를 타다가 강변에서 돌을
주웠는데 너무 재미있어서 해질 때까지 돌을 주웠다. 어떤
돌은 놓아주고 어떤 돌은 주머니에 넣고 새로운 돌과 오래
된 돌을 바꿔치기했다. 돌은 무거워서 전부 가져올 수는 없
다. 너는 정말로 무엇을 보았니?

사랑의 열매

양화대교 아래를 지나다가 다리에 불이 켜지는 광경을 보았다. 강가의 대기는 두텁고 침침했다. 빛은 번쩍이며 일순간에 둥글게 여물었다. 그러자 햇빛이 사위고 어둠이 짙어졌다. 인공조명 아래서 우리는 기어이 서로의 젊음을 깨닫고 말았다.

운이 좋아 파묻힌 통로를 찾아냈고 꿈으로 갈 수도 있었지만, 머잖아 통로를 청소하고 막힌 곳을 뚫어 경로를 개선하는 사람은 모두 죽어 사라질 것이다. 녹슨 곳은 더 녹슬고 무너진 곳은 더욱 무너진다. 오래 굶은 미래, 두 쌍의 다리를 달고 구석으로 기어다닌다. 모든 우주의 보름달을 정원에 장식하고 저녁이면 불을 밝혔지. 익은 감은 물러지기 전에 따고 녹나무 아래 손톱을 묻고. 붉은 깃발이 힘차게 펄럭일 때 충직한 기억은 영문 모를 눈물을 닦았네. 붓고 굽고 또 구웠지. 오로지 온전하기만을 기원하면서. 하늘로 올라가는 흰 연기가 흩어지는 모양쯤이야 매양 보아도 두렵지 않았네. 겁 많은 개가 안심하고 엎드린다. 우리를 보지 못하는구나. 미래, 가늘어진 과거와 팔짱 끼고 우래옥에 가서 냉면을 먹고 싶다. 찬 국수 먹는 동안 어두워지는 초저녁 하늘, 거기에 손거울 하나, 그 뒤편의 '아모레', 아모레, 우리가 찾아낸 미래의 화석. 이것을 주워서 무엇하리?

던져버린다. 그 모양, 구부러지다 돌아가다 깎이고 갈려서 동그래진 귀여운 것. 한강 물밑에 대글대글하다.

만사형통

그들은 자신의 손가락 끝마다 심장이 하나씩 달려 힘차게 박동하는 것 같다고 느꼈다. 서로가 손끝의 심장을 들키지 않으려 잡은 듯 만 듯 간신히 깍지를 낀 모양새였다. 그러면서도 도무지 손을 놓지 못했다. 시월의 바람이 불어왔다. 열 손가락의 요람에서 새끼 쥐 한 마리 푹 자고 일어날 만큼 시간이 지나도 두 사람은 손을 놓지 않았다. 쥐가 떠나고 나자 요람 위에는 동그마하고 보송보송하고 하얀 것이 수리수리하게 자라났다. 그럼 그건 쥐의 그림자일까. 털 달린 탁구공일까. 바싹 마른 흰 빵덩어리일까. 산토끼 꼬리일까. 흙냄새, 나무 향기 그윽한 버섯일까. 달게 자는 아기 주먹일까. 그것을 자라게 두어볼까. 자란다면. 두 사람을 여기 둘 수 있는 이유가 될까. 찬바람 부는 가을밤을 둘이 계속 걷게 해도 될까. 알 수 없는 것을 알 수 없다는 이유로 붙잡아두어도 될까. 둘의 신발을 벗기고 싶어진다. 이상하게. 싸늘한 밤의 강변을 맨발로 걸어가라. 그래도 그런 기분을 완전히 적을 수는 없다. 강 건너에 불을 질러본다. 일정한 속도, 일정한 보폭, 일정한 온도로, 넓어지세요. 옮겨지세요. 퍼지세요. 멀리멀리 가보세요.

손잡아. 그냥 한번 꽉 잡아봐.

보이지 않는다는 이유로 계속 보이지 않게 두어도 될까. 따뜻한 거 먹이고 싶다. 삼겹살에 묵은지 지글지글 구워서

싸 싸주고 싶다. 그러나 두 사람은 외투에 냄새 배는 게 싫
다며 사양하였고, 나는 마침내 손에 거절을 쥐고 다른 잠으
로 사라질 수 있었다.

기계장치강아지

"밥도 안 먹고 똥도 안 싸고 죽지도 않는 개"

개 파는 사람 목소리에 잠이 깼다. 청량리에서 종로 가던 1호선 안에서. 친구 만나러 가던 길인가? 그때 나는 시를 전혀 쓰지 않았다. 오직 일기만 썼다. 사람들에게 보여줄 수 있는 글이 아니었다. 글을 쓰면 창피했다. 이런 이야기는 안 하는 게 좋겠지만,

"밥도 안 먹고 똥도 안 싸고 죽지도 않는 개"

한 친구가 얼마 전에 "개들의 시인에게!"라고 쓴 책 선물을 주었다. 책의 제목은 "떡갈나무와 개", 그리고

"밥도 안 먹고 똥도 안 싸고 죽지도 않는 개"

나는 그때 이 광경을 녹화했다. 사람을 찍으면 안 되지만 개는 찍어도 될 것 같았다. 게다가 이 개는 가짜 개니까. 손가락으로 핸드폰 화면을 꾹 찍으면 하얗고 작은 개가 네발로 1호선 파란 바닥 위를 마음껏 걷고 왕왕 짖고. 개 파는 아저씨는

"밥도 안 먹고 똥도 안 싸고 죽지도 않는 개"

소리를 지르는 것이 아닌데 목청이 좋은 장사꾼들이 있
다. 발음이 또렷하고 독특한 성조를 넣어 사람들의 주의를
쉽게 끄는 사람들. 그리고 저런 말을 할 줄 안다. 누가 시
킨 건 아닐 것 같다. 아마 자기가 지어냈을 것이다. 자꾸 하
다보니 이렇게 되기도 했을 것이다. 어쨌든 다 자신이 하
는 일이다.

"밥도 안 먹고 똥도 안 싸고 죽지도 않는 개"

이 개장수를 봤다는 사람 중 누가 이 개가 죽은 것을 보
았다 했다. 건전지가 다 떨어지니 죽더라고? 내가 이 광경
을 떠올린 것은 새로 이사온 동네에 하필 보신탕집이 너무
많기 때문. 또 오늘이 말복이기 때문, 그래서 능이버섯삼계
탕을 먹었기 때문. 놀러온 친구에게 이 동네에 개 잡아먹는
집이 너무 많다고 불평했더니 원래 가난한 동네에 그런 데
가 많은 법이라고 했고, 그에게도 삼계탕을 사다 먹였고, 우
린 넷이 둘러앉아 각자 한 마리씩 닭을 전부 발라 먹고 남
은 국물에 찹쌀밥을 말아 숟가락으로 닥닥 긁어가며 싹 먹
어치웠다. 식탁 위에 수북한 닭뼈 무더기, 흩어진 깨와 소금
과 빨간 김치 양념.

"밥도 안 먹고 똥도 안 싸고 죽지도 않는 개"

확실히 내가 시 속에 개 이야기를 많이 쓰긴 한다. 그러
나 그건 중요한 일이 모두 시의 바깥에서 일어나는 탓이다.

자연스러운 일

술을 끊은 지 여든 날쯤 지났나, 고등학교 동창인 Q와 연락이 닿았다. Q는 아이를 낳았다고 한다. 이미 첫째는 여섯 살이고 한 달 전 둘째를 낳았다고 했다. Q의 목소리로 그 소식을 직접 듣자니 가슴속이 따뜻하고 커다란 젤리로 출렁이는 것 같았다. 그는 여전히 온화하고 명랑했다. Q는 우리가 대학생 때 함께 종로에서 커피를 마신 적이 있다고 했다. 그리고 왜 이렇게 오랫동안 연락을 하지 않게 되었는지, 결혼과 출산처럼 큰일을 서로에게 알리지 않고 살아왔는지 궁금하다고 했다. Q는 휴직을 하고 고향에 내려와 있으니 옛친구들 생각이 났다고 한다. 내 이름을 검색해보다가 내가 시인이 된 것을 알게 되었다고 했다. 고등학교 시절에 Q와 함께 있으면 그의 다정한 기운에 안심이 되었다. 나는 늘 그에게서 내게 없는 부드러운 빛이 흘러나온다고 느꼈다. 일광욕을 하듯 그 빛을 쪼이며 한 시절을 보냈다. 이십 년이 지났지만 그의 목소리는 신기할 정도로 예전과 꼭 같았다. 월요일 오후였다. Q의 목소리 사이로 갓 태어난 아가의 여리고 달콤한 음성이 간간이 들려왔다. 고향에 내려가면 Q의 집에 놀러가기로 약속했다. 나는 그와 꼭 닮은 아이들을 만날 생각에 설렜다. 그 충만한 감정은 넘쳐흘러, 내 머릿속에 오랫동안 자리잡았던 임신과 출산의 가능성을 포근하게 감싸더니, 촉촉해진 표면만을 남기고 사라졌다. 노력이 전혀 필요하지 않았다.

얼굴들

  히터의 오작동으로 객실 안이 후덥지근하지만 병은 겉옷
과 모자를 벗지 않는다. 베이지색 얇은 봄 겉옷의 벨트는 허
리에 단단히 매듭지어졌고, 깊은 항아리 모양의 옅은 하늘
색 모자도 단호하게 병의 머리를 감싸고 있다. 우리는 일
찌감치 점퍼와 스웨터를 벗어던지고 티셔츠 바람이다. 이
쪽에서 단추를 풀고 소매를 걷고 수건을 꺼내 땀을 닦는 등
수선을 피우는 와중에도 병은 처음 열차에 탔던 그 모습대
로 가만히 앉아 있을 뿐이다. 병은 몇 시간째 빳빳하게 허
리를 펴고 앉아 열리지 않는 차창 밖에 시선을 두고 있다.
그런 병의 태도 때문에 객실의 공기가 더욱 무겁게 느껴진
다. 나는 신문을 작게 접어 부채질을 하면서 병의 발을 훔
쳐본다. 손으로 얼굴을 감싸고 혼잣말을 중얼거리면서는 손
가락 사이로 병의 옆얼굴을 훔쳐본다. 고개를 젖히고 한숨
을 쉬면서 병의 모자를 훔쳐본다. 물병 뚜껑을 찾는 척하면
서 병의 가냘프고 창백한 두 손이 겹쳐 있는 모습을 훔쳐본
다. 나는 너에게 병이 이자벨 위페르처럼 생겼다고 속삭인
다. 보다시피, 병의 얼굴은 희고 병의 머리는 붉고 병의 어
깨는 좁고 약간 굽었고 병은 깡마르고 키가 작고 병의 눈과
눈썹과 코는 날카롭고 병의 입술은 충분하고 병의 납작한
신발은 발에 꼭 맞아서 엄지발가락 부분이 약간 늘어나 튀
어나와 있다. 병이 차고 있는 손목시계는 견고한 화이트 세
라믹과 스틸, 브릴리언트컷 다이아몬드 세팅 플랜지와 브레
이슬릿이 돋보이는 샤넬 제품. 그리고 저 수수한 모자가 중

― 명한다. 병은 이자벨 위페르가 분명하다. 병의 얼굴에 있는
얼룩은 발진도 수포도 궤양도 아닌 주근깨와 약간의 기미
일 뿐. 병에게는 물도 필요하지 않을 것이다. 병은 완벽하고
이 객실은 완벽하다. 병은 꼿꼿하고 완고하고, 이자벨 위페
르의 밀랍상과 똑같이 생겼다. 그렇다, 그 영화에 나온 바
로 그 이자벨 위페르의 모습과 같다. 실제의 병은 결코 야
단법석 떠는 법이 없다. 병은 모든 요소를 충분히 가졌으며
특히 시간은 무한히 갖고 있다. 그러니 사람이 고통을 느끼
는 것이 합당하다.

―

처서

불평을 멈출 수 없습니다 혼잣말을 투덜거림을 멈출 수 없
습니다 내가 아파서 시끄러운 건지 시끄러워서 가난한 건지
혼자 소란 피울 집도 절도 없이 내 목소릴 아무도 못 들으면
어떨까 싶어 길을 떠나봐도 산에 가면 나무가 너무 많고 바
다에 가면 파도가 너무 많습니다 그것들도 부스럭부스럭 철
썩철썩 소리를 내는데 수런수런 두런두런 까불어대는데 활
달하다못해 야단스럽기까지 하던데 정말 그래서일까요 나
무는 가난합니다 파도는 가난합니다 나는 가난합니다 그러
네 그렇구나 모여봐 애들아 우리가 조용해지면 부자가 될
텐데 나무야 나무에 붙은 나뭇잎아 바람 불어도 흔들리지
않는 연습을 해보렴 파도야 앞으로 앞으로 너울너울 움직이
지 않는 비책을 좀 알아보렴 우리가 조금만 말하고 조금만
움직이고 조금만 살았더라면 이 세상이 전부 우리 것이었을
텐데 쓸쓸하게도 살아 있어서 말을 해가며 몸짓을 해가며
침을 튀겨가며 진땀을 흘리며 폭소를 터뜨리며 산짐승처럼
너절한 잠자리에 풀썩거리며 몸을 누이고 잘 때조차 뒤척
인 죄로 자면서도 코곤 죄로 꿈에서도 말한 죄로 우린 말하
지 않는 법을 잊어버리는 벌을 받고 있어요 끝없이 움직이
는 벌을 서고 있어요 아무도 아무에게도 왜 사냐고 묻지 않
았어요 넌 얼마나 가졌니, 나무에게 물으니 가난한 나뭇잎
이 쏴아아 요란하게 떠들어댑니다 웃음을 꾹 참으면 안 깨
끗한 물이 눈에서 흘러나옵니다 이것이 파도의 성분입니다

3부
한데 섞인 흰자와 노른자의 중립적인 맛

아침

모자 하나가 멀리 호수 위에 둥둥 떠 있는 걸 보았다. 가벼운 짚으로 만든 모자 같았다. 크기는 가늠하기 어려웠지만 챙이 크지는 않아 보였다. 리본이나 꽃 장식도 없었다. 끈이 달렸는지는 모르겠다. 그만큼 시력이 좋지는 않다. 아케이드의 마네킹 위에 모자가 얹혀 있으면 나는 그것들을 약간 두려워하며 지나친다. 모자는 사람을 상상하게 만든다. 특히 누군가의 머리를. 머리 중에서도 이마를. 땀이 맺힌 이마. 주름이 잔뜩 진 이마. 검버섯이 가득한 이마. 이것은 뙤약볕을 두려워하지 않았던 내 조모의 이마. 조모께서는 결코 모자를 쓰지 않으셨다. 그것이 얼마나 여성답지 못한 일인지에 대해 사람들은 수군거렸지만, 조모는 개의치 않으셨다. 옅은 아맛빛 잔털로 살짝 덮인 조그만 이마. 이건 내 조카의 것이다. 조카의 머리통은 덜 여문 배를 억지로 나무에서 따온 것처럼 생겼다. 그애는 늘 머리에 꼭 맞는 모자를 쓰고 외출한다. 우리 가족이 마지막으로 조모님을 모시고 이 호숫가에 온 것은 이십여 년 전이다. 조식을 마친 뒤 온 가족이 조모님을 부축해 가벼운 산책을 나섰다. 호숫가로 밀려온 물이 뭍에 닿을 때마다 흩어지고 다시 밀려나갔다. 조모님이 중얼거리셨다. 바다…… 바다…… 바다…… 우리 중 누구도 그것이 파도가 아니라고 설명할 수 없었다.

인테리어

오 년 전 나는 호수에 한번 뛰어들었다. 아무 준비 없이 훌쩍 뛰어내렸다. 출렁다리가 출렁거렸고. 내가 뛰어내리거나. 말거나. 나도 모르게 한 손으로 코를 꼭 쥐고, 눈을 감고, 다른 한 손끝과 양 발끝을 힘주어 모으던 짧은 순간에, 어, 이건 제대로가 아닌데, 생각했고. 눈을 뜨니 병원이었다. 눈을 뜨니 병원이었다, 는 문장은 다시는 실제로 떠올리고 싶지 않다. 입고 있던 흰색 반바지와 베이지색 티셔츠 대신 환자복을 입고 있었고. 휴양지의 병원 응급실. 라디오에서 흘러나오는 지나치게 격정적인 바이올린 연주. 아무 냄새도 맡을 수 없었고. 머리가 이루 말로 할 수 없이 지끈거렸고. 다른 아무 말도 할 수 없었고. 눈을 끔벅. 끔벅. 감았다 뜰 때마다 보이는 흰 것들. 그것들은 긴 벌레처럼 움직였다. 호수에 사는 커다란 기생충이 내 눈알 속에 들어갔다고 생각했다. 나를 발견했다는. 얼굴이 새카만 남자가 멀리서 나를 보고 손을 흔들며 크게 웃었다. 박수를 짝, 짝, 짝, 치더니 주먹을 쥐고 허공에 흔들다가. 기지개를 켜며 뒤돌아 떠났다. 마치 아주 대단한 일을 완료한 사람처럼. 자신이 한 일에 흡족한 듯 보였다. 그가 떠나고 내 몸에 커다란 기저귀가 채워진 걸 알아차렸다. 더듬어보니 탐폰이 없었다. 나는 아직 그것을 제거한 사람이 누구인지 모른다. 저희도 시스템이라는 게 있다고, 무뚝뚝한 간호사는 반복할 뿐이었다.

방랑자

새 아이보리 비누를 뜯어 세수했다. 가방에서 튼튼한 주
머니 두 개가 달린 푸른 면직 원피스를 꺼내 입었다. 자개로
만든 단추가 양 소매 끝에 세 개씩, 등뒤에 두 개가 달려 있
는 옷이다. 단춧구멍이 너무 작아 끼울 때마다 고생스러웠
다. 그러니 풀어지지도 않겠지. 누가 일부러 잡아 뜯지 않는
이상. 양말은 연회색 실크 양말을 가져왔다. 검은 구두는 어
젯밤 미리 닦아두었다. 구두가 푹 젖을 생각에 조금 울적해
졌었다. 비 오는 날엔 결코 신지 않았던 양가죽 구두. 내가
가진 가장 비싼 구두. 졸업식에도, 처음 피아노 연주를 들으
러 간 공연장에도, 부유하지만 엄청나게 부자는 아닌 친구
들을 만날 때 시내의 식당에도 신고 갔던 것. 유치한 장식은
없지만 은근히 굽이 높은 구두. 굽의 바깥쪽마다 색이 옅게
닳았다. 굽은 두 번 갈았다. 왼쪽보다 오른쪽이 더 빨리 닳
곤 했다. 구둣방에 갈 적마다 멋쩍었다. 나는 오른쪽으로 더
기울었답니다. 혹은, 저는 오른발 뒤꿈치를 격렬하게 사용
하는 편이랍니다. 고백하는 기분이 들었다. 내가 왼쪽으로
더 기울었다면 어땠을까? 과연? 어떤 변화가 일어났을까?
오른쪽으로 기울었던 중 만났던 사람들. 왼쪽으로 스쳐지
나갔을 모르는 사람들. 사람들? 말하고 싶지 않다. 고백하
고 싶지 않다. 최종. 끝. 끝의 끝으로 간다. 가고 말 것이다.
거울 속에 푸른 옷을 입은 여자가 서 있다. 긴 머리칼을
어깨 뒤로 넘기고. 나를 바라본다. 무슨 생각을 하는지 궁금
하게 만들고자 했던, 아무 의미를 담지 않고자 했던, 저 갈

색 눈동자. 밤의 겉껍질을 둥글게 오려붙인 듯한. 비밀을 간 ̄
직하고자 했던. 두 개의 눈. 죽은 사람에게도 비밀이 있을
까? 죽음은 비밀일까? 폭로일까? 죽음에 대해서는 아직 모
른다. 시체. 시체에겐 비밀이 없다. 시체는 폭로일 거야. 아
무것도 말하지 않는 폭로. 아무래도 머리는 하나로 묶는 것
이 좋겠다. 발견될 때를 대비하면 그쪽이 낫다.

오믈렛

　한데 섞인 흰자와 노른자의 중립적인 맛. 사각사각 썹히며 풋내를 살짝 풍기는 피망의 향기. 아주 잘게 썰린 햄의 질감과…… 버터. 강렬한 버터의 향기. 불에 충분히 달궈진 버터와 부드러운 달걀의 신비로운 조화. 신적인 것. 강렬한 것. 달걀과 불과 기름, 약간의 소금과 후추. 그러나 어떤 비법에는 아주 적은 양의 설탕이 포함되기도 하는데, 마치 독약의 이로운 활용법처럼. 설탕이 독이라는 데 동의하는 사람들이 많지만, 그중에서 가장 순수한 설탕의 혐오자는 의사가 아니라 알코올중독자다. 술을 좋아하는 사람들은 대개 단맛을 싫어하다못해 그것에 반대하기까지 한다. 그들에게 달콤한 것은 오직 술이면 족하다는 듯이. 그러나 그들은 모르지. 아침의 오믈렛에, 짭짤한 비스킷에, 심지어 튀김옷 반죽에도 비밀스럽게 존재하는 설탕. 설탕을 잽싸게 뿌려 넣는 어떤 사람의 손. 아침을 만드는 사람의 손. 안주를 만드는 손. 여자. 여자의 손. 여자들의 손. 묶인. 찔린. 찢긴. 손. 희고 검고 누런 세계의 손. 여자가 가진 손. 레이디 핑거스. 쿠키의 이름. 알코올중독자 중에도 여자가 많은데 누군가 그들에겐 각별히 키친 드링커라는 애칭을 붙여주었다. 내 위장을 들여다볼 검시관은 술을 아주 많이 마시는 여자였으면 좋겠다. 알코올중독자라면 더할 나위 없다.

병정들

간밤에 바에서 가벼운 프로세코를 한 병 주문했다. 산뜻
하고 청량했다. 천천히 두 잔을 마신 뒤에 아페롤과 칵테
일글라스를 청했다. 글라스에 아페롤을 약간 따르고 거기
에 프로세코를 가득 채웠다. 달콤하고 향기로웠다. 초여름
의 휴양지에 잘 어울리는 선택이다. 프로세코가 다 떨어져
서 탄산수 한 병을 달라고 했다. 하지만 남은 술에 탄산수를
섞으니 씁쓸한 맛만 두드러질 뿐이었다. 아페롤은 그만두고
적당한 샴페인을 새로 주문했다. 병마개를 뽑는 종업원의
우아한 동작을 즐겁게 감상했다. 샴페인 잔을 들고 발코니
에 나가니 호숫가의 야경이 눈앞에 펼쳐졌다. 재스민 향기
와 잔디 깎은 냄새, 물비린내가 섞인 바람이 불어왔다. 검은
호수 위로 잔물결이 부서진 샹들리에처럼 반짝였다. 완벽한
밤이었다. 발코니 난간에 올라가 그대로 떨어지고픈 강렬한
충동이 일었다. 충동을 억누르느라 애쓰던 중 내가 취했음
을 깨달았다. 옷깃을 여미고, 글라스를 테이블에 올려두고,
종업원들에게 인사를 건넨 뒤 방으로 돌아왔다. 방문을 열
자 나의 갈색 트렁크와 푸른 원피스, 잘 닦아둔 검은 구두가
그대로 잘 놓여 있었다. 창밖에서는 아직도 호수의 물결이
반짝이고 있었기에 나는 책상 위의 펜을 집어 글을 쓸 뻔했
다. "나는 매번 무거운 문을 밀면서 왔습니다……" 지금 내
앞에는 빈 종이가 한 장 있을 따름이다.

선물가게

손목시계를 차야 하나. 말아야 하나. 이 시계는 내가 가진 가장 무거운 금속일 것이다. 얼핏 보면 번쩍이는 금팔찌처럼 보이기도 하지만, 사실 황동으로 만들어 저미도록 얇은 금박을 입힌 시계다. 나는 과시적인 장신구를 좋아하지 않지만 유행을 완전히 무시하지도 않는다. 크고 빛나는 것을 목, 귀, 손가락에 전부 휘감는 대신 팔목에 하나 정도 걸치기. 이것이 내가 유행을 따르는 방식이다. 치장의 욕구는 내가 잘 조절해온 충동 중의 하나다. 값싼 여자로 보이고 싶지 않다. 죽임당한 여자 대신 죽음을 선택한 여자로 보였으면 좋겠다. 이상한 일이지. 장신구를 사는 데엔 돈이 든다. 고귀한 여자는 돈을 쓰지 않는가? 성모님이라면 돈을 쓰실 일이 없겠지…… 하지만 성모상은 얼마나 화려한가! 성모님도 죽은 여자라고 볼 수 있을까? 죽어도 죽지 않는 여자라고 해야 하나. 나도 집에 성모상과 초로 꾸민 간이 제단을 갖추고 있지만, 이제 초를 밝히고 성모께 기도를 드리는 일은 영영 없을 것이다.

깊은 강바닥에서 댐을 만드는 수부들은 납덩이로 만든 허리띠를 찬다고 한다. 시계를 찬들. 허리띠를 찬들. 내게 손목이나 허리가 남아 있으려나.

빗금

멀리서 사람들이 떠들어대는 소리가 들린다. 빨강, 파랑, 노랑, 색색의 공들이 높이 떠오르고 떨어지고. 아이들은 얕은 물에서 놀고 어른들은 호숫가에서 일광욕을 한다. 그토록 조용하던 밤이 이토록 많은 사람들을 쏟아내다니. 그래. 나는 해가 뜨지 않는 아침을 찾으려 이곳에 왔지. 숱한, 헛된 밤을 따라온 것이 아니다. 아이들이 웃는 소리를 듣는다. 양산을 쓴 숙녀들의 속삭임도. 호숫가를 따라 천천히 걷는다. 깨끗하고 예쁜 조약돌을 찾아 주머니에 넣는다.

포노토그래프*

나에 관해서라면 아무것도 들키고 싶지 않았다. 말하고 싶지 않다. 그러나 곧 누군가는 알아차려주리라. 얼마나 지나야 할까? 누군가. 누구일까? 여러 명일까? 단 한 사람일까? 남자일까? 여자일까? 남자일 것 같다. 그이는 뜨내기 순경일까. 별 어려움 모르고 자란 젊은 남자일까. 물론 산전수전 다 겪었을 수도 있지. 상관없다. 아니, 상관있다. 나는 죽은 자의 얼굴을 하고 있겠지. 죽은 자의 얼굴이 어떤 것인지는 몰라도 죽은 자의 얼굴이겠지. 틀림없이. 그는 눈썹을 높이 치켜세우고, 눈을 동그랗게 뜨고, 침을 꿀꺽 삼킬까. 경험이 많은 중년의 경감일지도 몰라. 수영을 잘하는 어린아이라면 어쩌지? 엄마 심부름을 끝내고 한달음에 호숫가로 달려와 옷을 벗어던지고 날썬한 전갱이처럼 헤엄치던 아이라면 어쩌지. 그애가 여자애라면 어떡하지. 어떡하긴. 달려! 전속력으로 뛰어가렴. 가까운 건물 쪽으로. 옷은 되도록 주워 입고. 네가 발견한 끔찍한 광경을 가장 먼저 만나는 어른에게 알리렴. 너는 울거나, 소리지르거나, 주저앉을지도 모른다. 괜찮아. 털어놓은 다음엔 되도록 빨리 잊어. 전부 잊어버려. 친구들에게 너의 무용담을 자랑하며 떠벌려도 좋다. 그럼 더 빨리 희미해지겠지. 이보다 더 무섭게 만들 수는 없을 거야. 걱정 마. 끔찍한 일은 어른들에게 맡기고, 모두 잊어버려.

* Phonautograph.

우수(雨水)

얇아진 얼음 밑에서 천천히 잉어가 녹고 있다

진술*

　사람들이 식사하고 일어나면, 식기와 남은 음식, 티슈, 음료수병 같은 것을 먼저 치운다. 더러워진 냅킨과 테이블보는 걷어서 따로 모아 세탁업자에게 보낸다. 테이블을 닦는다. 주변에 떨어진 것이 있으면 대강 줍는다. 의자를 바르게 정렬한다. 새 테이블보를 깐다. 반듯하게 접힌 새 냅킨과 빈 접시를 한 장씩 놓는다. 테이블 중앙에 꽃 한두 송이가 꽂힌 작은 화병을 올린다. 배달되는 꽃의 종류는 매일 달라진다. 투숙객들은 오전 6시부터 10시까지 식당에서 배를 채울 수 있다. 투숙객이 아닌 손님에게는 별도로 입장료를 받는다. 커피와 물을 제외한 모든 음식은 스스로 가져다 먹는 뷔페식이다. 손님들은 빵, 쌀밥, 국수, 계란 요리, 다양한 가공육, 치즈, 볶음 요리와 샐러드, 삶은 채소를 먹을 수 있고 후식은 과일, 아이스크림, 젤리 중에서 고를 수 있다. 혹은 전부 다 먹을 수도 있다. 이곳에서 한 종류만의 음식을 먹고 자리를 뜨는 사람은 흔치 않다. 하지만 만일 단 한 종류의 음식을 단 한 그릇만 먹고 떠나는 사람이 있다면 그는 틀림없이 노인이거나 어린아이다. 손님이 별로 없는 날이면 스테인리스 강판으로 만든 조리대를 닦고 또 닦는다. 소독한 행주로 조리대를 닦고 테이블을 닦고 다시 깨끗한 행주로 조리대를 닦는다. 깨끗한 조리대에는 반드시 누군가가 손자국을 만들어놓기 때문에 나는 쉴 수가 없다.

* 2020년 Black Kaji Radio(싱가포르 기반 독립 음반 레이블 Ujikaji 와 음악가 그룹 The Observatory가 공동 기획한 예술 프로젝트)의 의뢰를 받아 음악가 박민희와의 협업으로 발표.

4부

어디 가는 어린애와 어디 갔다 오는 개

무언가 더욱 중요한 것이 있다는 생각

너는 음악을 사랑하는 사람. 얼마만큼 그런가 하면 네가 좋게 들은 곡을 모아서 계절마다 친구들에게 들려준다. 앨범 커버도 손수 만들어서. 사람들이 너를 좋아하는 이유는 네가 음악을 좋아해서가 아니라 음악을 들려줘서가 아니라 참 다정한 사람이기 때문인데. 야자 빼먹고 지하 클럽에 공짜로 벽화 그려주고. 포르투갈에 다녀온 다음부턴 어떤 가수가 자신의 할아버지라고 분명히 믿고. 밴드 하고 음반 내고 음악가가 되었고. 무엇보다 너는 무슨 걱정이 있는 사람처럼 조심스럽게 음악을 들려주는 사람. 전주가 나올 때 누가 착한 아인지 나쁜 아인지 벌써 다 알지. 술을 홀짝이며 기뻐하는 속삭거림에 너의 얼굴엔 만족스러워하는 미소가, 또 짐짓 당연하다는 표정이. 단호하게 고개를 끄덕이면서 아냐 조금 기다려봐, 이 부분을 정말 좋아할 거야…… 그렇게 하나의 음악이 끝난 후에 다른 곡을 들려주다가. 한참 그러다가. 한참 멀리까지 강 건너 바다 건너 잘 가다가. 결국 오직 자신만을 위한 음악을 틀어놓고. 깊이 취해 고개를 기울인 채 자기 앞의 술잔만을 바라본다. 거기에 무엇 중요한…… 어떤…… 저절로…… 고여 있다는 듯이. 새로운 물질을 발명해버린 사람처럼. 나는 이 순간이 끝나지 않길 바라지만. 혹시 네가 무언가 슬픈 생각을 하고 있을까 무섭다. 그것이 영영 슬픈 생각일까 두렵다. 두려움. 창백한 형광등이 어둠을 박살낼 때 우리가 집에 가져가는 것. 이제 허겁지겁 우리끼리의 농담 같은 음악들로 각자를 도로 채워놓고, 제정신

으로 돌아가기 위한 마지막 술을 들이켜지. 난 그때마다 뭔
가 잊은 듯한 느낌이 드는 거야. 무언가 더욱 중요한 것이
있다고…… 무언가 더욱 중요한 것이 있다고.

단감, 단감

고요히 앓던
어린 마음이 순하게
떠나려나보다.

분명 문제가 있었어.
혼자 돌아다니는 게 수상쩍었어.
그 눈빛이

단감, 단감
하루에 딱 한 시간
누렇게 바랜
한자 많은 옛날 책
갈피 새 누웠다 간다.
다 읽지도 못하고

이상한 마음이었어.
밤에 자꾸 나가게 하는
달리게 하는
어둠 속에서 물러가는 그건, 뿌리.
아무도 안 봐.

단감, 단감
갈래갈래 갈라지는

하나의 목소리.
툭하면 굵은 가지도 부러트려주었던
억센 나무야, 착하다.
고맙다.
이제 그만 놓아줘.

단감, 단감
부서진 조각을 묻어도
부드럽고 둥근 불꽃으로
다시 자라나.

내게 올래?
나를 지켜줄래?
전부 다 잊어버릴래?
너를 쪼아먹을까?
너를 말려 먹을까?

단감, 단감
바람이 너무 많이 불어와.
오늘 나는 글자를 다 잊었어.
까악까악 울고 있어.
내 뱃속엔 아무것도 없어.

채소 마스터 클래스*

여기 싱싱한 채소로 가득한 바구니가 있다
바구니라기보단 광주리인가
새파란 플라스틱이고
음, 아기를 한 명 담을 수 있을 정도의 크기
물에 뜨지 않는다
플라스틱이 골풀의 형태를 모사중이기 때문에
바구니에 아기를 담아서 물에 띄우면
아기는 축축해지고 바구니와 함께 가라앉아서
젖은 아기는 기분이 안 좋아진다
바구니에 담은 아기는 김장배추처럼 통통하네
하얀 모시로 만든 바지와 저고리를 입고
예쁘다 야무지게 머리를 묶었네 빨간색 방울끈으로
샌들도 빨간색이구나, 빨간색을 좋아하는 아기에게선
달콤한 침냄새
진보라색 탱탱한 가지를 하나 쥐고 꼭지를 따면
아기가 웃고 할머니 냄새가 퍼진다
세상엔 할머니 냄새라는 냄새가 있는데
가지 꼭지 오이 꼭지에서도 맡을 수 있고
한여름 무성하게 자란 호박덩굴에서
혹은 그 덩굴의 잎을 따서 쩔 때
그 수증기가 품은 냄새 속에
갓 잡은 푸성귀가 탕탕 썰릴 때
아기가 웃고

고추는 아직 너무 맵고
바구니는 마당 귀퉁이에 놓여 있고
등이 굽은 할머니가 시원한 콩국 사발을 내민다
이 더운 날 여까지 무슨 일일꼬
등에 업힌 아기가 울고
내 새끼 우지 마라, 우지 마라,
조그만 할머니가 달래고
조그만 할머니의 작은 할머니가 자꾸 부르고
그 입술들에서 불려 나오는 그 이름들로
달게 자는 아가야
횡횡 공중을 가르는 흰 부채가 있고
가까이 오지 못하는 모기도 있고
농원에서는 정말로 청포도가 익어가고 있는데
땀투성이 아기 엄마가 눈물을 흘리며
콩국을 후룩후룩 삼키고 있다
물론 바구니는 깨져서 버렸다, 그것은
풀 모양을 흉내낸 플라스틱에 불과했다
그런데도 너무 파랬다

* 백지혜, 『채소 마스터 클래스』(세미콜론, 2022)의 제목을 차용함.

움직이지 않고 달아나기 멈추지 않고 그 자리에 있기

시험이 끝나고 너와 같이 걸었다
옛날처럼 손잡고 다정하게
여기서 만날 줄은 정말 몰랐네 그렇지
개구리 군복을 입은 넌
중앙도서관에서 내려왔고
나는 종로 어디 구석진 찻집에서
대추차랑 약과를 먹고 있었는데
통유리창 밖에서 네가
손 번쩍 들고 인사했지
우리 그때 눈이 마주쳐서 웃었지
네 코에 걸쳐진 잠자리 안경 밑에
(넌 가끔 안경을 꼈지)
하얀색 마스크 속에
(너도 요즘 마스크를 쓰고 있겠지)
너의 입술이 그리는 반달
우리는 천천히 산책을 했지 아무래도
쫓기는 마음으로
이제 곧 경찰이 들이닥치고
나의 친구들은 모두 맞아서 다칠 텐데
하지만 내가 대오를 벗어나는 선택을 한번 해본 것인데
경멸 없이 너를 만나보고
대추차도 먹어보고
허름한 찻집에도 들어가보고

불친절한 주인 남자에게 화내지도 않고
담배 피우지 않고 술 마시지 않고
불평하지 않고
우울하지도 않고
한 번쯤 그래보고 싶었어
다르게도 살아보고 싶어
그날 내가 본 것
그날 내가 겪은 것
모두 새로 기입하는
이 흐린 저녁
그 가로등 아래서
다시 만나자
다시 만나자

녹색병원

오후에 핀 나팔꽃
분홍색 차폐막
바람의 방향에 따라
그늘의 크기에 따라
중심과 변두리
좋고 나쁜
위치에 따라
사람 사는 순리로
날마다 어두워지는 시간이 달라도
가로등은 일제히 점등되는 인과
추우면 입고 더우면 벗는
사람이 만든
개미굴처럼
잘 가꾼 자연적 환경
아름다운 산책로
보기 좋게 늘어선 조경석
회양목과 플라타너스와
회전하는 모터 소리와 풀 잘리는 냄새
미에로화이바 담배꽁초
아직도 나무 사이 집 짓는
호랑거미 무당거미
투명하게 한 채
두 채

세 채……
그냥 지난번 엄마한테 보낸 샴푸
너무 싸구려였나 싶은 생각
단풍이 아름다운 나무로는
단풍나무가 있고
오염 정도가 심한 공장과 도로변에
홍단풍이나 은단풍을 심으면
환경 정화 효과도 있다는데
하필 은행나무
내 발밑에 짓이겨진 은행 열매
중간에도 뭐가 있긴 있겠으나
나 같으면 아무것도 짓지 않고
거기서 뭐가 나나 두고 볼 텐데
큰 나무 작은 나무 사이에서
모처럼 네가 홀로 나온다면
부대끼며 살지 않게
내가 멀리서
돌봐줄게

미꾸라지와 뱀장어와 지렁이와

철물점 지나 치킨집 지나 아파트 담벼락 따라 은행 지나 개소줏집 분식점 과일가게 옻닭집 칼국숫집 지나 편의점 약국 지나 전철역 사거리에 파란불이 켜지면…… 요샌 바닥만 봐도 파란불인지 빨간불인지 알 수 있다 LED 라이트가 설치된 덕분이다 바닥만 봐도 필요한 게 다 보여 어디 가는 어린애와 어디 갔다 오는 개하고만 눈을 맞추며 바쁜 사람처럼 걸었지만 혹시 누가 그럴지도 모르지 저 여자 어딘가 이상해 직업도 남편도 애도 부모도 없는 거 같고 나이는 많고 한낮에만 거리를 배회한다고 쑥덕거리면 난 너무 무서워 그러나 아무도 나를 주목하지 않습니다 아무도 나를 바라보지 않습니다 누구도 나를 기억하지 않습니다…… 하얀 약봉투를 품에 안고 눈 딱 감고 집으로 달려가고 싶지만 가야 할 곳이 있다 오늘은 꼭

도서관 신간 코너 맨 아래 칸 까치에서 나온 두꺼운 책을 누구보다 먼저 펼쳐본 덕분에 파본을 찾는다 나는 사서를 불러 글자와 그림이 앞뒤로 누락된 흰 종이를…… 책의 중간에 버젓이 몇 쪽씩이나 이어지는 그 뻔뻔하고 황당한 모습을 보여준다 사서는 책을 들고 데스크로 돌아가고 동료에게 여기 파본이 있네 하고 말한다 나는 잡지 코너로 가서 문예지 한 권을 골라 다인용 테이블에 자리를 잡는다 저번에 지겨워서 못 읽었던 단편소설을 다시 펼쳐놓고 지금까지 만난 중 가장 나쁜 놈들은 반드시 책과 영화를 좋아했더라는 사실을 멀리 빽빽한 서가 사이로 한가로이 거니는 사

람들을 바라보면서 그래도 최악은 역시 음악 좋아한다는 사
기꾼들이야 보통 그렇지 않았던가 집에는 천천히 가도 되
고 가는 길에 사야 할 물건이 많다 적어본다 나를 기억하지
않는다 숨어든다 종합열람실 감당불가 왼손엔 차가움 오른
손엔 미끄러움

파

버섯 채취꾼은 우리와 함께 입구 팻말 앞에서 출발한다. 우리는 그를 따라 산속으로 들어선다. 버섯 채취꾼은 원래 걸음이 빠른 편이다. 하지만 오늘은 약간 천천히 걷기로 한다. 그저 그러고 싶어서. 마지막 장마가 끝난 뒤의 산에서는 다양한 냄새가 난다. 버섯 채취꾼이 눈을 감고 멈춰 서서 크게 심호흡한다. 숲의 입자들이 복잡하게 얽힌 촉촉하고 차가운 공기가 버섯 채취꾼의 폐로 스며든다. 그는 상쾌함을 느낀다. 숲속에서 들이마신 공기 중의 산소는 혈관을 따라 그의 온몸 구석구석, 세포 하나하나에까지 운반될 것이다. 그는 산에서 들이마신 산소 분자가 평범한 산소 분자와 다른, 아주 특별한 산소 분자인 것처럼 생각해보기도 하지만 그건 사실이 아니다. 특별한 점이 있다면 산소의 질이 아니라 산소의 양과 관련이 있을 것이다. 버섯 채취꾼은 산에 들어갔을 때 무릎이 덜 아픈 것 같은데 그 느낌은 분명한 사실이다. 주의, 숲의 자잘한 파편이 두껍게 쌓인 등산로 계단은 미끄러워 위험하다. 버섯 채취꾼이 오늘 탐색할 구역은 전체 산의 작은 일부다. 그러나 우리에게는 아주 넓게 느껴질 것이다. 구역 전경(全景)은 버섯 채취꾼에게는 익숙한 풍경인데, 풍경의 요소들은 매분 매초 급진적으로 변화하고 있으니 같은 장소에서 본 어제와 오늘의 풍경이 같다고 할 수는 없다. 버섯 채취꾼은 편안한 마음으로 주위를 둘러본다. 곧 그는 팻말이 있는 등산로를 벗어난다. 그는 어떤 버섯을 어디에서 찾을 수 있는지 알고 있다. 버섯 채취꾼이 긴 지팡이로 땅을 두드리며 가볍게 걸어간다.

라

　버섯 채취꾼은 자신만 아는 길로 다니고 그 길을 다른 사람들에게 알려주지 않는다. 등산로가 아니고 동물이 지나다니는 가파른 길이고 버섯 채취꾼의 길이고 하나의 길이 아니다. 버섯 채취꾼은 하나의 좌표에서 다른 좌표로 이동하는데 한 나무에서 다른 나무로 이동한다고도 볼 수 있다. 버섯 채취꾼의 머릿속에 산이 있다. 그것을 작은 조각으로 쪼갠다. 쪼갠 조각을 확대하고 다시 자르길 몇 차례 반복한 끝에 오늘의 길이 만들어졌다. 버섯 채취꾼은 그 길을 실제로 걷고 우리는 그를 뒤좇는다. 버섯 채취꾼은 통상 전년에 버섯을 발견한 나무 1, 2, 3, 4, 5, 6의 아래를 훑어보는데 오늘은 천천히 움직이므로 나무 2, 5, 6과 근처의 다른 나무와 덤불, 새로 죽은 나무 아래를 뒤져본다. 버섯 채취꾼이 따르는 단 하나의 규칙은 해가 지기 전에 하산하기다. 그러나 그것은 버섯 채취꾼만의 규칙은 아니고 해가 지면 밤이 오는 것은 자연의 법칙이고 그에 따라 활동 반경이 달라지는 건 멧돼지의 규칙, 살모사의 규칙, 다람쥐의 규칙이기도 하다. 버섯의 규칙이라 보아도 무방할 것이다. 나무뿌리 사이, 낙엽더미 아래 버섯이 있는지 확인할 때 그는 짚고 온 나무 지팡이로 땅을 헤쳐본다. 버섯을 딸 때는 장갑을 끼고 버섯이 상하지 않도록 뿌리까지 파낸 후 흙과 나무 부스러기를 떨어내고 바구니에 넣는다. 어떤 버섯은 마구잡이로 따서 바구니에 쑤셔넣기도 한다. 오늘 버섯 채취꾼은 다 말라가는 으름덩굴의 잎사귀 하나가 가을 햇빛을 받아 마치 봄의 신

엽처럼 환하게 빛나는 모습을 오래도록 바라보았다. 우리는
버섯 채취꾼이 멈춰 설 때마다 멈춘 이유를 전부 알 수 없지
만 그와 같은 쪽을 볼 수는 있다. 어쩌면 그 순간 버섯 채취
꾼과 우리가 보는 풍경은 같다고 표현할 수도 있을 것이다.

목

　버섯 채취꾼의 바구니에 버섯이 가득하다. 우리는 버섯
채취꾼을 따라 하산한다.

토

버섯 채취꾼이 커다란 나무 쟁반 위에 버섯을 늘어놓고 우리가 그 광경을 본다. 우리는 버섯의 이름은 모른다. 그러나 이것은 분명 버섯이다. 잘게 잘라도, 베어먹어봐도, 물에 씻어도 으깨도 다져도 찢고 뭉개도 버섯은 버섯이고 버섯이 있다. 우리는 버섯이 희고 노랗고 빨갛거나 갈색인 것을 본다. 그리고 한 버섯이 어떤 버섯보다 크지만 그 옆의 다른 버섯보다는 작은 것도 본다. 버섯은 맛있게 보일 수 있고 귀엽게 보일 수 있고 아름답게 보일 수도 있고 추하게 보일 수도 있다. 오늘 버섯 채취꾼을 따라 산에 들어간 우리와 출발한 곳으로 되돌아왔다고 생각하는 우리가 같은 우리라고 말할 수는 없을 것이다. 지금 분명하게 버섯이 여기 있다. 눈에 보이지 않는 버섯 포자 수천 개가 우리들의 몸에 묻어 있다. 우리가 머리칼을 풀썩일 때, 외투깃을 가다듬을 때, 서로의 어깨를 털어줄 때, 누군가 재채기할 때, 수만 개의 버섯 포자가 우리로부터 떨어져나와 사방으로 퍼져나간다. 그때 먼산에서 희미하게 들려오는 멧비둘기의 규칙적인 울음소리, 우연의 일치일까?

* 네 편의 시 「파」 「라」 「목」 「토」는 미술가 박선민의 2021년 개인전 도록과 특히 〈파라목토〉 연작을 위해 썼음.

담자균문

오늘 서울국제도서전에 가서 휴대용 버섯 도감을 한 권 샀
다. 세밀화 위주로 간략한 설명을 곁들인 이 작은 책『버섯
나들이도감』*에서 다루는 버섯은 총 124종이다. 여기서 다
루는 대부분의 버섯이 담자균문에 속하는데, 담자균문이란
우리가 버섯이라고 하면 흔히 떠올리는 갓과 기둥으로 이루
어진 모양을 하고 갓주름에 달린 세포로 포자를 만드는 버
섯의 무리이다. 나는 언젠가 박선민 작가의 〈파라목토〉 시
리즈를 감상하고 그의 의뢰로 네 편의 연작시를 쓴 적이 있
다. 네 편의 시는 버섯 따는 사람을 따라 산에 올랐다가 내
려온다는 내용이다. 박선민 작가의 〈버섯의 건축〉(2019)이
라는 유명한 영상은 나도 무척 좋아하는 작품이다. 그래서
일까, 〈파라목토〉에 대한 시를 쓸 때도 버섯의 이미지를 떨
칠 수 없었던 듯하다. 하여튼 『버섯 나들이도감』에는 우리
가 흔히 주변에서 볼 수 있는 버섯 124종이 실려 있는데, 내
생각으로는 여기에 적어도 38종 정도는 보태어야 더 이해
가 쉽지 않았을지 싶다. 특히 이 책의 주 독자층인 어린이
들에게는, 본인이 주변에서 흔히 보던 버섯이 도감에서 누
락되어 찾을 수 없다면 그 실망감과 상실감이 대단할 것이
라고 본다. 현재 일본 도쿄에 거주중인 내 딸이 만 5세이던
그해 장마가 크게 들어 우리 네 식구가 세 들어 살던 반지
하에 팔십 센티미터 정도나 흙탕물이 찼다가 빠진 일이 있
다. 그때 들이찼던 흙탕물에 섞인 오수와 각종 세균 때문이
었을까? 너무 푹 젖은 가재도구는 아깝지만 내다버리기도

하고 볕에 말려 사용키도 하였으나 벽지를 전부 다시 도배
할 수는 없었으므로 환기를 시키고 선풍기 바람을 쐬었는데
그날 이후 종종 곰팡이나 버섯 같은 것이 자고 일어나면 피
어 있는 경우가 있었다. 딸과 나를 비롯하여 우리 네 가족이
생생하게 기억하는바, 당시 우리가 관찰하였던 버섯의 종류
만 약 50가지, 그 모양과 빛깔은 무척 다채로웠는데 어떤 날
에는 오색찬란한 어린 버섯들이 한꺼번에 피매 우리가 그
것들을 따서 냄새도 맡고 그림도 그려놓고 또 날것을 그대
로 먹거나 탕에 넣어 익혀 먹는 일도 있었다. 한 날은 살구
도롱이혓바닥버섯을 분홍도롱이혓바닥버섯과 착각하여 그
것을 생으로 따먹고 꼬박 사흘이나 의식 없이 내리 자고 일
어났는데 몸은 무척 개운한 느낌이 든 경험을 네 명이 동시
에 하였다. 그때 나는 시는 전혀 쓰지 않고 다른 일로 생계
를 유지하였으나 정규로서 채용되는 일은 드물었기에 다양
한 일을 하여 근근이 먹고살았는데 그럼에도 딸이 건강하고
똑똑하게 잘 자라 현해탄 너머 일본땅에서 꿋꿋하게 살아가
는 현재를 매일 감사히 여기며 산다. 그렇기에 우리의 소중
한 기억을 머리 맞대고 떠올려 당시의 기록(그림, 일기, 메
모 등)을 바탕으로 35종의 버섯을 이 도감의 양식에 맞게 정
리하여 덧붙인다.

* 석순자 글, 권혁도 외 그림, 보리, 2017.

Air & Water*

0. 젖은 머리카락에 붙은 모래알

0. 개 발자국

0. 신도리코 복합기

0. 불이 켜진 텅 빈 아파트(저녁)

0. '언택트'라는 조어

0. 나무에 열린 올리브 열매의 촉감(만져본 적 없음)

0. 조월의 노래 제목 '아무것도 기념하지 않는'

0. 냉차(자스민)

0. 창밖에서 들려오는 아기 웃음소리

0. 핸드폰으로 여러 장 찍었다가 나중에 몽땅 지운 여행지 사진들

0. 하와이의 오피스텔

0. 먼 곳에서 이쪽을 보고 있는 사람

0. 혼자 쓴 시들

1. 햇빛

* 사진가 이차령의 2020년 사진전 제목.

나리분지

　삼십 년 전에 아버지, 어머니, 언니, 나, 이모, 이모부, 외
사촌 둘은 울릉도에 갔다. 누구의 결정이었는지는 모른다.
아이들은 어렸고 부모들은 젊었다. 많은 여행이 그렇듯이,
어쩌다보니 가게 되었겠지. 우리가 탄 배 이름은 썬플라워
호. 젊은 부모들은 뱃멀미를 심하게 했다. 키미테를 붙이고
작은 유리병에 든 멀미약도 먹고. 가장 마지막에 토한 사람
은 아마도 나인 듯. 왜냐하면 하선 안내 방송이 나왔고, 나
는 내리려고 아버지 무릎에 앉아 있다가 아버지 무릎에 토
했고, 엄청 혼날 줄 알았는데 아버지가 크게 웃으며 지금까
지 참 잘 참았다고 칭찬해줘서 놀랐기 때문에 기억이 난다.
그 밖의 것들, 배를 덮치던 물보라, 어른들의 정강이까지 빠
지던 깊은 눈밭, 그보다 조금 얕은 눈밭, 너무 많은 눈, 너와
집이라는 이상한 이름의 이상하게 생긴 집, 오래 보관했던
하얀색 소라껍데기, 그걸 주운 곳, 파도가 치면 바람에 파
도가 실려오던 좁고 구불구불한 해안가 도로, 검은색 지프
차 택시. 어떻게 돌아왔는지는 기억나지 않는다. 누가 좋아
하냐고 물으면 좋아지고 싫어하냐고 물으면 싫어졌다. 남이
뭐라고 불러주면 그게 좋았다.

해설

'이상한 마음'을 따뜻하게 다스리는 '완벽한 방법'

조연정(문학평론가)

103

네가 무언가 슬픈 생각을 하고 있을까 무섭다. 그것이 영영
슬픈 생각일까 두렵다.
—「무언가 더욱 중요한 것이 있다는 생각」 부분

*

임유영의 시에 없는 것은 많다. "중요한 일이 모두 시의
바깥에서 일어나는 탓"(「기계장치강아지」)일까, "나에 관
해서라면 아무것도 들키고 싶지 않"(「포노토그래프」)은 마
음 때문일까. 그녀의 시에는 매우 구체적이고 현실적인 일
련의 사건도, 그로 인한 분명한 감정도 좀처럼 드러나지를
않는다. 아마 각별한 관계도 찾아보기 힘들지 모른다. 그래
서일까. "천진과 능청과 신선"(시인 김행숙)이 그녀 시의
특별한 매력으로 보이고, "이것을 쓸 때 가장 다른 저것으
로 쓰"(시인 이원)*는, 그래서 무언가를 감추면서 드러내는
방식이 도드라져 보이기도 한다.
그런데 그게 또 어쩐지 안간힘으로 느껴지지는 않는다
는 점이 임유영의 시를 특별하게 만드는 것 같다. 무언가
를 숨기기 위해 고안된 것이라고 하기에는 그 자체로 너무
나도 자연스럽고 흥미로운 장면들이 등장한다. 그녀의 시

* 2021 문지문학상 시 부문 심사평, 『문학과사회』 2021년 겨울호,
각각 344쪽과 347쪽.

를 처음 읽었을 때도 그랬지만 한 명의 시인이 썼다고 하기
에는 무척이나 색다른 장면들과 다채로운 목소리들을 시집
을 펼치자마자 만나게 된다. 돌에서 나온 사람, 겨울잠에서
깨어난 새끼 곰, 바위 밑 강바닥에 사는 커다란 물뱀, 수북
한 굴껍데기 위에 내리는 눈, 산책로에서 죽은듯 누워 있는
선생님, 다리 하나가 없는 새 등을 만날 수 있다. 자기 무덤
을 파듯 땅을 파다 죽은 개 앞에서 슬퍼하는 동자승(「부드
러운 마음」)과 눈 오는 날 감나무에 내려앉아 오줌 누는 아
기 천사(「정확한 죽음의 시각을 기록하기」)가 공존하는 시
집이기도 하다.

　임유영의 시에 많은 것이 없다고 느껴지는 것은 시에서 사
실 하나의 마음이 강조되고 있기 때문일 것이다. "밤에 자꾸
나가게 하는" "달리게 하는" "이상한 마음"(「단감, 단감」)
쯤으로 말해볼 수 있는 그 마음의 정체를 따져보기 전에 먼
저 살필 것들이 있다. 이 시집에서 어떤 사건이나 감정이나
관계 같은 것들을 찾아보기 힘들다고 느낀 것은, 그녀의 시
가 마치 불현듯 시작되고 갑자기 끝나버리는 영화나 소설
속 난데없는 장면들처럼 보이는 경우가 흔하기 때문이기도
하다. 잠들기 전의 약속과는 전혀 다른 세상에서 깨어난 새
끼 곰의 황망한 표정을 상상하게 되는 「단단」이나, 개에게
잘못 물린 손으로 개를 안고 달리다가 개와 함께 피투성이
가 되어버린 채로 "그다음에 무슨 일이 벌어졌는지 나는 더
알지 못"한다고 말하는 「너의 개도 너를 좋아할까?―D에

게」 같은 시들이 그렇다. 과거의 일이 오늘로 이어지고 오늘로 인해 어떤 미래를 상상하게 되는 과정이 임유영의 시에는 잘 드러나지 않는다. '천진과 능청', 그 사이의 어디쯤에서 자유롭게 나오는 듯한 임유영 시의 목소리는 한편으로는 어떤 시간이나 어느 누구와도 연결되어 있지 않다는 절대적 고립과 불안을 체감한 사람의 그것처럼 들리기도 한다. 「단단」을 좀더 읽어보자(강조는 필자, 이하 동일).

남쪽 숲에선 새끼 곰이 깨어났습니다. 자는 동안에도 키는 자랐습니다. 가슴의 흰 반달도 커졌습니다. 곰, 발톱도 길었습니다. 두껍고 새카맣습니다. 자던 자리가 동그랗습니다. 엄마 곰은 어디 가고 없습니다. 빠진 이빨들 흩어져 있습니다. **곰, 외로움 있습니까? 곰, 일어나 앉습니다.** 엄마와 약속한 일이 기억납니다. 산골의 다람쥐, 멧돼지, 토끼, 뱀들도 엄마랑 약속합니다. 긴 겨울이 지나면 깨어나기로 합니다. 따뜻해지면 맛있는 것을 먹기로 합니다. 꽃이 피면 같이 놀기로 합니다. 곰, 눈 비비고 기지개도 켜봅니다. 혼자 가만히 엄마 엄마 불러도 봅니다. **곰, 두려움 알고 있습니까?** 몸이 가렵습니다. 앞으로 구르고 뒤로도 굴러봅니다. 곰, 배가 고프고 목도 마릅니다. 구멍 밖에서 쑥냄새, 취냄새 향긋하게 불어옵니다. 졸졸 물 흐르는 기척 들려옵니다. 무엇이든 찾으러 나가야겠지요? 천둥처럼 쾅쾅 울리는 소리, **어디에서 시작되었나요? 곰, 술**

픔 알지요? 여기는 세상입니다. 동면에서 갓 깨어난 곰을 발견하면 절대로 다가가지 마세요.

—「단단」 전문

겨울잠을 자는 사이 새끼 곰은 키도 자라고 몸도 커지고 더이상 새끼 곰이 아닌 곰이 되었다. 그리고 그 사이 "따뜻해지면 맛있는 것을 먹"고 "꽃이 피면 같이 놀기로" 약속한 엄마는 "빠진 이빨들"만 남기고 사라졌다. 새끼 곰인 채로 봄날을 꿈꾸며 잠들었던 곰은 오랜 동면의 시간이 끝나자마자 영문도 모른 채 세상에 혼자 남겨지게 된 것이다. "곰, 일어나 앉습니다"라는 어쩐지 무자비한 명령조의 말, "곰, 외로움 있습니까?" "곰, 두려움 알고 있습니까?" "곰, 슬픔 알지요?"라는 어쩐지 강압적인 질문들은 고독과 불안과 쓸쓸함이라는 말로는 정확하게 설명되지 않는 어떤 감각들을 일깨우기도 한다. "남쪽 숲에선 새끼 곰이 깨어났습니다"라는 따뜻한 문장으로 시작하는 「단단」은 사실 꽤 고통스러운 시에 가까운 것이다.

다들 그런 시절이 있지 않을까. 영문도 모른 채 인생의 알 수 없는 곳에 멱살 잡혀 끌려와 있는 듯한 낯선 감각 속에서 깨어나는 아침의 순간들. 전조 없이, 이유 없이 갑작스럽게 마주한 감당할 수도 돌이킬 수도 없는 불행을 다시 한번 온전히 체감해야 하는 반복의 나날들. 아무 준비 없이 호수에 뛰어들었다가 "이건 제대로가 아닌데, 생각"하며 "눈을 뜨니 병원이었다"라고, "다시는 실제로 떠올리고 싶지 않"은 문장을 적고 있는 「인테리어」 같은 시에서도 상황은 비슷하다. 죽기에 실패해 다시 깨어난 삶 같은 것.

임유영의 시는 흥미롭게 잘 읽히지만 이런 대목에서는 마주하기가 조금 힘들어진다. 그녀의 시에서 깨어남은, 그리고 태어남은 결코 기쁘고 충만한 일은 아니다. '생일 기분'이라는 제목이 달린 시처럼, "돌려줄 수 없는 거라면 먹어야 하는 걸까"라는 문장을 만나거나 "뭔가 끔찍한 일을 당한 사람의 표정"도 보게 되는 것이 그녀의 시이기도 하다. 그녀에게 태어남 혹은 깨어남은 갑작스러운 일이기도 하지만, 그것이 마치 실패한 일 혹은 잘못된 일처럼 그려진다는 점에 주목하게 된다. 만약 우리가 매일 아침 무언가 대단히 잘못된 듯한 낯선 기분으로, 결국 실패했다는 생각으로 깨어나게 된다면, 그런 삶은 과연 어떤 삶일까. 임유영의 시가 그리고 있는 마음은 대체 어떤 마음인 것일까. 힘겨워 보이는 그 마음은 어떻게 '부드러운 마음'이 될 수 있을까.

*

임유영의 첫 시집 『오믈렛』을 읽다보면 반복되는 이미지와 마주하게 되는데, 그것은 타인의 죽음을 목격하거나 자신이 죽어서 발견되는 장면들이다. 특히나 흥미로운 상상은 후자이다. 임유영은 자신이 죽은 채로 발각되는 상황을 자주 상상해본다. 3부에 실려 있는 시들이 대체로 그렇다. 그렇다고 해서 그녀의 시가 죽음을 향해 있다고 읽히지는 않는다. 그녀는 삶을 끝내는 죽음이 아니라, 오히려 죽음을 완성하지 못하는 삶에 대해 말하고 있는 것 같다. 죽음이 두려운 것은 자신의 삶이 온전한 '무(無)'로 돌아간다는 사실 때문이 아니라, 오히려 살면서는 내 의지대로 감추고 막을 수 있었던 것들이 속수무책으로 드러나버릴 것 같다는 불안 때문이다. "아무 준비 없이" 호수에 뛰어들어 응급실에서 깨어나 아무것도 할 수 없는 채로 누워 있던 화자 '나'는 자신을 발견한 사람이 하필 "얼굴이 새카만 남자"라는 사실이 수치스럽고 "마치 아주 대단한 일을 완료한 사람처럼" "자신이 한 일에 흡족한 듯 보"이는 그의 표정이 견딜 수 없이 괴롭다. 누군가가 자신의 몸속에서 "탐폰"을 제거하는 장면을 상상하기도 한다(「인테리어」). 자신의 죽음을 상상하면 단정치 못한 머리카락이 못내 마음에 걸리기도 하고(「방랑자」), 심지어는 자신을 발견할지도 모르는 어린애의 충격과 공포가 걱정되기도 한다(「포노토그래프」).

죽은 자신이 발견되는 장면을 수시로 상상한다는 것은, 죽음을 매우 현실적인 것으로 가깝게 느끼고 있다는 뜻일 수도 있지만, 우습고 놀랍게도 그 장면과 더불어 떠오르는 여러 걱정들이 '나'를 죽지 못하게 만들기도 한다. 그런데 이러한 장면들이 등장하는 「방랑자」와 「포노토그래프」를 함께 읽다보면, 죽은 자신에 대한 상상이 죽음을 목격한 경

험과 오버랩되기도 한다. 이때 죽어서 발견되는 상상은 비
단 상상에만 그치지 않는다. 누군가의 죽음을 목격했던 경
험이 상상처럼 그려졌을 수도 있기 때문이다.

거울 속에 푸른 옷을 입은 여자가 서 있다. 긴 머리칼을
어깨 뒤로 넘기고. 나를 바라본다. 무슨 생각을 하는지 궁
금하게 만들고자 했던, 아무 의미를 담지 않고자 했던, 저
갈색 눈동자. 밤의 겉껍질을 둥글게 오려붙인 듯한. 비밀
을 간직하고자 했던. 두 개의 눈. **죽은 사람에게도 비밀이
있을까? 죽음은 비밀일까? 폭로일까? 죽음에 대해서는
아직 모른다. 시체. 시체에겐 비밀이 없다. 시체는 폭로일
거야. 아무것도 말하지 않는 폭로. 아무래도 머리는 하나
로 묶는 것이 좋겠다. 발견될 때를 대비하면 그쪽이 낫다.**
—「방랑자」 부분

「방랑자」에서 '나'는 정갈하게 옷을 차려입고 "비 오는 날
엔 결코 신지 않았던 양가죽 구두"까지 챙겨 신고 거울 앞
에 선다. 마치 죽음을 준비하는 듯한 거울 속 "푸른 옷을 입
은 여자"의 모습은, 이미 물속에 빠져 있는 자신의 모습을
스스로 지켜보는 상상 속의 장면처럼 그려진다. 그리고 어
쩌면 그 모습은 '죽은 나'에 대한 상상이 아닌 이미 언젠가
목격했던 누군가의 죽음일 수도 있다. 누군가의 죽음을 보
게 되는 것은 두렵고 외로운 일이다. 그리고 아무에게도 발

견되지 않는 내 죽음을 그려보는 일 역시 두렵고 외롭기는
마찬가지이다. "죽음은 비밀일까? 폭로일까?"라는 질문은
그래서 쉽지 않다. 다만 이 시에서 죽음을 준비하는 '나'가
'거울 속 푸른 옷을 입은 여자'와 마주보는 장면은, 죽음을
목격하는 일도 죽어서 발견되는 일도 외로운 일이 되지 않
게끔 만들고 싶다는 바람을 담고 있는 듯하다. 이러한 바람
이 자신의 죽음을 발견할 누군가에 대한 연민으로, 또 '나'
가 목도한 어떤 죽음에 대한 보살핌으로 번지는 것은 당연
하다(「꿈 이야기」). 임유영의 시에서 죽음으로도 내버릴 수
없는 그 돌봄의 마음은 주로 소녀들을 향해 있다. '죽은 나'
를 누가 발견하게 될지 마치 남의 일인 듯 생각해보다가 그
것이 어린 '여자애'일지 모른다는 사실에 생각이 미치자 화
들짝 놀라 근심하는 「포노토그래프」 속의 그 마음은 어쩐지
애처롭고 따뜻하다.

　　**나에 관해서라면 아무것도 들키고 싶지 않았다. 말하고
싶지 않다. 그러나 곧 누군가는 알아차려주리라.** 얼마나
지나야 할까? 누군가. 누구일까? 여러 명일까? 단 한 사
람일까? 남자일까? 여자일까? 남자일 것 같다. (……) 상
관없다. 아니, 상관있다. 나는 죽은 자의 얼굴을 하고 있
겠지. 죽은 자의 얼굴이 어떤 것인지는 몰라도 죽은 자의
얼굴이겠지. 틀림없이. (……) 엄마 심부름을 끝내고 한
달음에 호숫가로 달려와 옷을 벗어던지고 날썬한 전갱이

처럼 헤엄치던 아이라면 어쩌지. 그애가 여자애라면 어떡
하지. 어떡하긴. 달려! 전속력으로 뛰어가렴. 가까운 건물
쪽으로. 옷은 되도록 주워 입고. 네가 발견한 끔찍한 광경
을 가장 먼저 만나는 어른에게 알리렴. 너는 울거나, 소리
지르거나, 주저앉을지도 모른다. 괜찮아. **털어놓은 다음
엔 되도록 빨리 잊어. 전부 잊어버려. 친구들에게 너의 무
용담을 자랑하며 떠벌려도 좋다. 그럼 더 빨리 희미해지겠
지. 이보다 더 무섭게 만들 수는 없을 거야. 걱정 마. 끔찍
한 일은 어른들에게 맡기고, 모두 잊어버려.**

　　　　　　　　　　　　　　　　　　—「포노토그래프」 부분

　삶의 고통을 끝장내고 싶은 마음과 죽고 싶은 마음이 완
벽히 같을 수는 없듯이, 죽음과 더불어 "아무것도 들키고
싶지 않았다"라는 바람과 "누군가는 알아차려주리라"는 기
대가 함께 토로되는 것도 그리 이상한 일은 아니다. 죽음이
'비밀'이길 바라는지 '폭로'이길 바라는지, 죽고 싶은 '나'
조차 여전히 알 수 없기 때문이다. 이 시에는 이러한 모순
된 마음이 동시에 그려진다. 자신의 죽음을 발견하고 공포
에 경악할 어린 소녀가 걱정되면서도 한편으로 '나'는 누군
가 '나'를 알아차려줄 사람이 있다면 차라리 그것이 어린 여
자애였으면 좋겠다고 생각해보는 것도 같다. 자신을 발견할
지 모를 어린 여자애에게, "끔찍한 일"은 재빨리 "무용담"
처럼 떠벌리고 모두 잊으라고 말하고 있지만, 사실 어린 여

자애가 "자랑하며 떠벌"린 무용담 속에서라도 자신의 비밀이 폭로되고 자신이 죽음이 기억되기를 바라는지도 모른다. 죽은 '나'의 끔찍한 모습을 재빨리 잊으라고 말하는 '나'는 오히려 자신의 죽음을 외롭지 않게 만들 누군가를, 아니 어쩌면 자신이 그렇게 잊지 못하는 어떤 죽음을 기억하고자 하는 것인지도 모른다.

임유영의 시에 하나의 마음이 강조되고 있는 것 같다고 앞서 말했는데, 그것이 자꾸만 죽음을 생각하게 되는 그런 마음이라는 것을 시집을 읽는 독자들은 쉽게 알아챌 수 있을 것이다. 그러나 그녀의 시는 그 마음이 어디서 비롯되었고 얼마나 고독한지 애써 말하려고 하지는 않는다. 우리는 모두 저마다의 이유로, 각자 다른 크기로, 그런 마음이 실재한다는 사실을 이미 알고 있기도 하다. 설명하지 않아도 왠지 알 것 같은 그런 마음에 대해서라면, 임유영의 관심은 오로지 그 마음을 어떻게 하면 최대한 따뜻한 것으로 만들 수 있을지, 아니면 그 마음을 짐짓 모른 척해버릴 수 있을지에 집중되어 있는 듯하다. 임유영 특유의 '천진과 능청'의 목소리 사이에서 그 마음이 모른 척 감춰지는 경우가 있다. 「부드러운 마음」이라는 동일한 제목의 시편들에서 죽음으로 향하는 마음은, 혹은 죽음을 목격한 일은, 산책로에서 침을 흘리며 잠이 든 선생님을 발견한 일처럼 대수롭지 않게 그려지기도 한다. "살아 계신 분을 묻어드릴 수도 없었고요"라는 천연덕스러운 문장들도 함께 적힌다.

그런데 단도직입적으로 말해, 죽고 싶은 그 마음을 모른
척함으로써 심각하지 않게 만드는 것은 그것을 잠시 잊는
것에 불과할 텐데, 우리는 정말 그렇게 살아도 될까. "보이
지 않는다는 이유로 계속 보이지 않게 두어도 될까."(「만사
형통」) 그래도 될까. 사랑이 시작되려다 말아버린 안타까운
순간을 그린 듯도, "싸늘한 밤의 강변을 맨발로" 위태롭게
걸으며 삶과 죽음의 경계를 넘나들어보는 기분을 그린 듯도
한 「만사형통」에서 임유영은 "서로가 손끝의 심장을 들키
지 않으려 잡은 듯 만 듯 간신히 깍지를 낀 모양새"를 풀고
"그냥 한번 꽉 잡아봐"라고 말해본다. 자꾸만 밤으로, 산으
로 달려가고 싶은 '이상한 마음'을 없는 척 모른 척 하지 않
기 위해서는 아마도 서로의 차가운 맨발이 아닌 손끝의 뜨
거운 심장을 느껴보는 일이 필요할지 모른다. "따뜻한 거"
를 함께 먹고 서로 마주보고 만지는 그 찰나의 순간이 우리
를 또 한번 살게 하기 때문이다. 이 시집의 제목이 '오믈렛'
이 되어야 하는 이유를 그렇게 찾아볼 수도 있다. 그 분명
한 감각을 환기하는 일은 사실 "노력이 전혀 필요하지 않"
은 "자연스러운 일"(「자연스러운 일」)이기도 하다. 살면서
많은 일을 비슷하게 겪었으며 미래의 죽음을 서로 기억해주
길 바라는 여성들 사이의 관계에서라면 더 그렇다. 죽음을
생각하는 처참한 기분을 "가슴속이 따뜻하고 커다란 젤리
로 출렁이는 것 같"(같은 시)은 따뜻함으로 뒤바꿔줄 누군
가가 분명 우리 곁에 있다. 『오믈렛』에서 임유영이 '천진과

능청' 사이 숨겨놓은 것은 그런 온기이기도 하다.

*

 소녀들이 등장하는 두 편의 시를 더 읽으며 이 글을 마무리해도 좋겠다. 그리고 이 두 편의 시에 임유영 시의 기원이 담겨 있다는 사실도 확인해보자.

 사월의 한낮이었다. 벚꽃이 절정이라기에 점심을 먹고 집을 나섰다. 오랜만에 가벼운 옷을 입고 나들이를 나가려니 기분이 좋았다. 걷다가 지름길을 두고 일부러 둘러 가기로 했다. 여학교를 지나 공원으로 이어지는 길에서 감색 세일러복을 입고 달려가는 여자아이를 보았다. 아직 수업이 끝나지 않았을 시각인데 아이는 멀리 공원 쪽으로 재빨리 달려갔다. 나중에 보니 역시 교복을 입은 남자애가 자전거를 대고 기다리다가 여자아이를 뒤에 태우고 가는 것이었다. 그러다 사거리에서 그만 사고가 났다고 한다.
 사고가 나서 여자아이는 죽어버렸다. 나는 그날 꽃은 못 보고 돌아가던 길에 교복집 하는 늙은 남자에게 이상한 이야기를 들었다. 그는 아이의 뒷모습에서 죽을 징조를 벌써 보았다고 주장했다. 첫째로 그날따라 여자애의 그림자가 무척 옅어서 보이다가 안 보이다가 했고, 둘째, 하얀 토

끼인지 개인지 작고 사람은 아닌 것이 날래고도 사납게 그
뒤를 쫓고 있었고, 셋째로 사람이 달리는데도 한 갈래로
땋아내린 머리카락만은 전혀 흔들리지 않더라는 것이다.
그러나 나는 그 영감의 말을 곧이 믿지는 않았다. 무릇 꿈
이란 뇌에서 배출된 찌꺼기에 불과한데, 그런 꿈을 해몽
한다는 자들의 말 또한 사람을 현혹하는 얕은 수일 뿐이
다. 그 증거로 나는 사월의 화창한 대낮에 꽤 오래 걸었음
에도 전혀 땀을 흘리지 않았다.

　어쨌거나 나는 붓을 들어 이 이야기를 종이에 옮겨 적었
고, 사람들이 잘 볼 수 있는 벽에 붙여두었다. 후에 그것을
마음에 들어하는 사람이 있어 적당한 값을 받고 팔았다.
　　　　　　　　　　　　　　　　　　　　—「꿈 이야기」 전문

　이번 시집에서 가장 아름답고 슬픈 시를 한 편 정하라 한
다면 「꿈 이야기」를 골라야 하지 않을까. "벚꽃이 절정"인
"사월의 한낮", 교복을 입고 역시 교복을 입은 남자애와 함
께 자전거를 타고 가던 여자아이가 사고를 당해 죽어버렸
다. 아름다운 젊음이 절정이던 순간에 모든 것이 끝장이 났
다. 이 끔찍한 장면을 아무런 감정 없이 전달하는 임유영의
건조한 문장들은 사실 그 자체로 슬프다. 사고 직전 여자아
이를 보았다는 늙은 남자가 "아이의 뒷모습에서 죽을 징조
를 벌써 보았다"며 전하는 말들은, 늙은 남자가 꾼 꿈인지,
그 이야기를 듣고 있는 '나'가 꾸는 꿈인지, 아니 어쩌면 끝

나버린 화양연화의 시절을 전생처럼 바라보는 '나'의 기억
인지 혼란스럽게 그려지기도 한다. 그리고 이 모든 이야기
들을 종이에 옮겨 적은 뒤 마음에 들어하는 사람에게 적당
한 값을 매겨 팔았다는 이 시의 반전 같은 결말은 소녀의 죽
음을 이야기의 소재일 뿐인 평범한 사건처럼 만들어버리기
도 한다. 그리고 이 마지막 문장이 임유영 첫 시집의 '시인
의 말'이 되었다는 사실도 우리는 기억하고 있다.

불행한 사건이 최대한 무미건조하게 전달되고 심지어 사
고팔 수 있는 이야기의 소재 정도로 취급되기도 하지만, 그
럼에도 불구하고 인생의 가장 눈부신 순간에 맞은 갑작스러
운 죽음이라는 사건의 비극성, 즉 꽃 같은 시절이 다시 오
지 않을 것이라는 불행한 끝장의 감각이 상쇄되는 것은 아
니다. 임유영의 시가 다양한 목소리로 기발한 장면들을 다
채롭게 만들어내면서 마치 여러 권의 시집을 함께 읽는 듯
한 색다른 재미를 준다고 하더라도 그녀가 집중하고 있는
이 하나의 마음이 희미해지지는 않는 것과 같은 이치일 것
이다.

시집을 여는 「헤테로포니」는 임유영 시쓰기의 기원에 대
해, 혹은 그녀 시의 비밀에 대해 보다 강렬한 인상을 준다.

방과후 문예반에서 소녀들은 정확한 문장을 쓴다.
소녀들은 또래보다 빨리 읽는다. 소녀들은 하나의 문장
을 시작하고 끝낼 줄 안다. 여러 개의 문장을 잇고 쓸데없

는 문장을 뺄 줄 안다.

　소녀들은 이야기를 빈틈없이 전개한다.
　곁으로 새는 법 없이 기승전결의 구성을 만든다.

　(……)

　선생님의 시 중에 죽거나, 죽이는 글은 없다.
　소녀들도 죽거나 죽이거나 죽고 싶다고 쓰는 대신
　돌아가신 할머니가 그립고 동생에게 미안하다고 쓴다.

　소녀들은 선생님이 친구의 글을 읽어주는 걸 듣다가
　가끔 눈물이 날 때가 있다.

　죽음과 눈물과 폭력과 섹스와 오물과 고통이라면, 소
녀들은
　역사를 잊은 민족에게 미래는 없다고 쓰고 치워버리지만

　어느 여름 오후

　선생님이 사과 한 알을 교탁에 올려놓고
　그것에 대해 쓰라고 하셨을 때
　소녀들은 죽음과 눈물과 폭력과 섹스와 오물과 고통을

생각하는

　완벽한 방법을 알아낸다.

　음악이 시작된다.

　　　　　　　　　　　—「헤테로포니」부분

　방과후에 문예반에 모여 시를 쓰는 '소녀들'이 등장한다. 무엇을 쓰고 있을까. 과학기술의 발전을 맞이하는 올바른 자세에 대해, 조국의 통일을 염원하거나 반대하는 내용에 대해, 독립 열사를 추모하기 위해 시를 쓰기도 한다. "돌아가신 할머니가 그립고 동생에게 미안하다고" 쓰기도 한다. 그러나 '소녀들'이 정작 쓰고 싶은, 혹은 써야 하는 시는 그런 시는 아니다. "봄에 피는 꽃, 여름에 우는 새에 관해" 쓰고 여러 권의 시집을 낸 선생님의 시를 단순하고 유치하다고 생각하는 소녀들이지만 문예반의 교실에서 그녀들은 "죽거나 죽이거나 죽고 싶다고 쓰는 대신" 선생님이 좋아할 만한 시를 써낸다. "죽음과 눈물과 폭력과 섹스와 오물과 고통"에 대해서는 쓰지 않는다. 그런 소녀들이 어느 날 깨닫게 된 "죽음과 눈물과 폭력과 섹스와 오물과 고통을 생각하는" "완벽한 방법"이란 무엇일까. 어쩌면 그것은 '이심전심'이라는 말로 쉽게 설명될 수 있는 것인지도 모른다. '헤테로포니'란 같은 선율을 조금씩 서로 다르게, 수평적으로 연주하는 상태를 말한다. 교실의 소녀들은 "사과 한 알"에 대해 모두 조금씩 다르게 말하고 있지만, 자신들이 결국 같은 마음을 쓰고 있다는 사실을 알게 된다. 그녀들에게 그것은 무척이나 '자연스러운 일'이다.

임유영의 시를 읽는 우리가 '사과'의 이면에 숨긴 마음의 정체를 애써 찾을 필요는 없을 것이다. 그 마음이 정확히 어디에서 비롯된 것인지 분명히 알 길도 없다. 그런 잘 알 수 없는 마음이 나에게도 너에게도 있다는 사실을 확인할 수 있을 뿐이다. 어떤 시인에게 시쓰기는 '비밀'이기도 '폭로'이기도 하다. 그리고 독자는 이심전심으로 그 마음을 지켜볼 뿐이다. 임유영의 『오믈렛』을 읽다보면 우리에게도 느껴지는 그 '이상한 마음'이 어쩐지 '부드러운 마음'으로 변하는 듯한 느낌을 받게 된다. 우리가 하는 "무언가 슬픈 생각"이 "영영 슬픈 생각"(「무언가 더욱 중요한 것이 있다는 생각」)은 아닐지도 모른다는 위로도 받게 된다. 내 마음과 네 마음이 많이 다르지 않다는 생각이 주는 위안이다.

*

시인의 첫 시집에 무언가 말을 얹는 작업은 언제나 조금은 두렵고 겁이 나는 일이다. 물론 설레고 벅찬 일이기도 하다. 하필이면, 살면서 처참하다는 단어를 꽤나 많이 떠올렸던 시기에, 아침에 눈을 뜨고 몸을 일으켜 세상과 마주하는 것이 어쩐지 버겁던 시간들 속에서 읽게 된 임유영의 첫 시집은, 개인적으로 나에게 큰 위로가 되었다는 말을 하며 글을 끝맺겠다. 임유영이 그리는 '이상한 마음'에 집중하며 내 마음의 모양을 찬찬히 들여다볼 수 있었다. 그것이 '영영 슬픈 생각'은 아닐지도 모른다는 생각도 하게 되었다.

임유영 2020년 문학동네신인상을 수상하며 작품활동을
시작했다.

문학동네시인선 203
오믈렛
ⓒ 임유영 2023

1판 1쇄 2023년 10월 24일
1판 6쇄 2024년 9월 6일

지은이 | 임유영
책임편집 | 정민교
편집 | 김수아 정은진
디자인 | 수류산방(樹流山房) 본문 디자인 | 김하얀
저작권 | 박지영 형소진 최은진 오서영
마케팅 | 정민호 서지화 한민아 이민경 안남영 왕지경 정경주 김수인 김혜원
　　　　김하연 김예진
브랜딩 | 함유지 함근아 박민재 김희숙 이송이 박다솔 조다현 정승민 배진성
제작 | 강신은 김동욱 이순호
제작처 | 영신사

펴낸곳 | (주)문학동네
펴낸이 | 김소영
출판등록 | 1993년 10월 22일 제2003-000045호
주소 | 10881 경기도 파주시 회동길 210
전자우편 | editor@munhak.com
대표전화 | 031) 955-8888 팩스 | 031) 955-8855
문의전화 | 031) 955-2696(마케팅), 031) 955-2653(편집)
문학동네카페 | http://cafe.naver.com/mhdn
인스타그램 | @munhakdongne 트위터 | @munhakdongne
북클럽문학동네 | http://bookclubmunhak.com

ISBN 978-89-546-9680-7 03810

* 이 책은 서울특별시, 서울문화재단 '2021년 첫 책 발간 지원사업'의 지원을 받아 발간
되었습니다.
* 이 책의 판권은 지은이와 문학동네에 있습니다. 이 책 내용의 전부 또는 일부를 재사용
하려면 반드시 양측의 서면 동의를 받아야 합니다.

잘못된 책은 구입하신 서점에서 교환해드립니다.
기타 교환 문의: 031) 955-2661, 3580

www.munhak.com
문학동네